Aber nur dieses eine Mal

Tobias Premper

Aber nur dieses eine Mal

Steidl

»Hingegen halte ich nicht hinter dem Berge damit, dass mir einmal etwas passiert ist. Ich sah etwas. Aber nur dieses eine Mal.«
—Halldór Laxness, Am Gletscher

»'T was only a flirt
you sure did know –
some one was hurt
long time ago.

All is the same,
time has gone by –
some day you came
some day you'll die.

Some one has died
long time ago –
some one who tried
but didn't know.«

—Cesare Pavese,
»Last Blues, to be read some day« (1950)

Für Hinderk Meiners Emrich

18. Notizbuch

»I live my life or I end my life with this project.«
(Werner Herzog)

Er würde nicht in der Lotterie gewinnen und auch keine wohlhabenden Leute kennen lernen, die seine Kunst sammeln und ihn damit über die Zeit retten. Er würde kein Glück mit den Frauen haben und keine Karriere machen. Aber das sollte ihm erst später aufgehen, viel später, eigentlich erst dann, als es schon zu spät war.

Antwortet der Schriftsteller, dessen zweites Buch gerade erschienen und von einigen Zeitungen verrissen worden ist, einem Journalisten: »So tief, wie ich gesunken bin, könnt ihr niemals sinken«.

Die ersten beiden Mücken des Jahres totgeschlagen. Die in der Küche mit einem Kochbuch, die im Arbeitszimmer mit einem Buch von Pablo Neruda.

Ein Spatz war auf der Fensterbank gelandet und ließ einen mitgebrachten Brotkrümel fallen. Als er mich durch die Fensterscheibe sah, wurde ihm bang und er pickte den Krümel wieder auf und flog davon.

»Einmal sah ich, wie sich eine Fliege mit einer Wanze prügelte. Das war so schrecklich, dass ich auf die Straße stürzte und davonlief, der Teufel weiß wohin.
So auch in diesem Album: Du schreibst irgendwelche Geheimnisse hinein, und dann ist es zu spät.«
(Daniil Charms)

Ja, es muss ein Traum sein. Ob wohl auch die Passagen, die ich im Traum aufschreibe, am Ende auf dem Papier stehen?

Die U-Bahn ist eine Gondel auf den Kanälen durch die Nacht. Die untalentierte Straßenmusikerin eine singende Gondeliera. Berlin wird für einen Augenblick zu Venedig. Anders halte ich es nicht mehr aus.

Milch, Brot, Butter, Kaffee, Liebe.

Über Nacht haben sich die Trauerweiden am Kanal als erste fein rausgeputzt (und alle Vöglein sind schon da, alle Vöglein, alle).

Die Fenster im Bus alle geöffnet; Fahrt nach Süden der Sonne entgegen, weit weg von meiner Wohnung; ich möchte ein Geheimnis mit einem Kind teilen, und es nimmt das Geheimnis mit auf seinen Lebensweg; welch armseliges Leben Woche für Woche, Sonntag für Sonntag, Gott für Gott (Sonntagsblues).

Zur Feier der milden Sonne läuten am Spätnachmittag die Kirchenglocken; der Unterschied zwischen denen, die sich die Haare waschen, bevor sie ausgehen, und denen, die sie sich nicht waschen.

Einsamer Abend im Frühling. Früher hätte ich ein Gedicht geschrieben. Heute Nacht mache ich einen Spaziergang durch die Straßen. Es hilft alles nichts.

Man kommt mit einer schönen Frau ins Gespräch und dann ist es doch wieder nur die falsche.

Die Mutter hatte das Kind auf dem Plastikfahrradsitz, der auf dem Gepäckträger angebracht war, festgeschnallt und fuhr los. Nach ein paar Metern verlor das Kind einen Luftballon, den es in der Hand gehalten hatte, und begann zu schreien. Die Mutter stoppte, hob den Luftballon auf und gab ihn dem Kind zurück. Als sie weiterfuhr, löste sich der Luftballon wieder aus der Hand des Kindes, die Mutter merkte nichts, und auch das Kind nicht, es war durch einen vorbeilaufenden Hund abgelenkt worden.

Vorgestern ist Hank Jones gestorben. Er spielte mit drei der schönsten Frauen des Jazz: Ella Fitzgerald, Marilyn Monroe und Charlie Parker.
(18.5.2010, Zurück in der Gegenwart)

Jean-Luc Godard sagte die Pressekonferenz in Cannes ab. Er wollte lieber mit mir Kaffee trinken. Aber diese Verabredung sagte ich ab. Und so saß er da und trank seinen Kaffee allein.

Gestern ist Dennis Hopper gestorben, am 29.5.2010.
Isabella Rossellini: »Hello, Baby.« Dennis Hopper: »Shut up, it's daddy, you shithead! Where's my Bourbon?« (Aus: »Blue Velvet«)

Blauer Himmel über grauen Häusern; das ausgelassene Gesindel breitet seine Decken jetzt auch auf der Hundewiese aus; nackte Haut und Ausweglosigkeit – Juni.

Geh raus, lass dir von einem Vogel auf den Kopf scheißen und dann geh wieder rein, wasch dich und leg dich ins Bett, du gottverdammter Lebenstourist.

Gestern, am 10.6.2010, ist Sigmar Polke gestorben. Ich male alle oberen rechten Ecken schwarz.

Der Abendhimmel brannte. Ich fühlte, gemessen an der Unendlichkeit, würde er irgendwann mein Schicksal teilen.

5 nebeneinanderstehende vermischte Meldungen einer Kleinstadtzeitung:
Ein betrunkener Autofahrer schläft während eines Staus auf der Autobahn ein. Der Polizei gelingt es erst durch starkes Rütteln, ihn zu wecken.

Ein Geldautomat wird gesprengt und Geld in unbekannter Höhe entwendet.
Eine Frau stiehlt Parfüm, lässt aber bei ihrer Flucht ihren fünf-jährigen Sohn in der Drogerie zurück.
Ein 28-jähriger Mann bügelt 58 Stunden und 40 Minuten lang (Dauerbügelrekord).
In Mexiko-Stadt gibt es innerhalb einer Woche 300 Morde (283 Männer, 17 Frauen). Bei 23 Opfern werden Folterspuren festgestellt, ein Opfer wird enthauptet gefunden.

Traum: Ich bin ein Erfinder, der nichts mehr erfindet. Zusammen mit einer mir unbekannten Frau gehe ich einen Feldweg entlang. In der Ferne steht ein Haus und ich sage ihr, ich werde mich, wenn ich wieder aufwache, an sie und das Haus erinnern. Ich erinnere mich, jetzt aufgewacht, an sie und das Haus.

Ich fuhr mit dem Fahrrad eine Steigung hinauf, und als ein Rennfahrer auf der anderen Straßenseite hinabgeschossen kam, rief ein zerlumpter Alter: »Mit dir geht's bergab, Kumpel«. Also geht's mit mir bergauf, dachte ich und sah dem restlichen Tag locker entgegen.

Dränge den anderen den Sinn nicht auf, aber gib ihn auch nicht auf.

Sie saßen vor dem Fernseher, auf der sicheren Arbeitsstelle oder am Wochenende auf der Terrasse ihrer Datscha und dachten: »Mir kann nichts passieren«. Aber da war es ihnen ja längst passiert.

Der Sommer vergeht ohne mich; meine Verachtung für die anderen, meine Verachtung für mich selbst, die Unfähigkeit, ans Meer zu gehen; die Freunde und ihre Frauen, die Freunde und ihre Kinder, die Freunde und ihre Familien, die Freunde mit ihrem Glück, ihrer Zerstreuung, ihrer Arbeit, ihrer Furcht, wie in einer anderen Wirklichkeit; ich sehe die Dinge nicht an, sehe nur an ihnen vorbei, durch sie hindurch; ich lese die Bücher nicht mehr von Anfang bis Ende, manchmal höre ich auch nach einem gelungenen Satz auf zu lesen und wiederhole ihn wie ein Gebet; ich bin sprachlos gegenüber denen, die viel reden, ohne eine Sprache zu besitzen; das Gras ist schon verdorrt, und auf heiße Tage folgen heiße Nächte; wenn ich jemanden lachen höre, drehe ich die Musik lauter; als ich einer schönen Frau ein Kompliment machte, drohte sie mir mit der Polizei; seit Jahren schon habe ich keinen Igel mehr gesehen, heute huschte einer mit leisen Kratzgeräuschen an einer Hecke entlang und ich war aufgeregt wie ein Kind; ich bin bereit für den nächsten Morgen und alle noch folgenden.

In der Straße wohnt ein dicker Mann, und heute sprach ich ihn an und bat ihn, sich auf mich drauf zu legen. Und dann sprach er kein Deutsch.

Traum: Mein Zahnarzt hat einen Playmobil-Tick und füllt mir mit allen möglichen Plastikteilen die Zähne. Er sagt: »Das hält besser, das hält besser.« Jetzt zieht er mir den angeschlagenen Schneidezahn und setzt dafür ein Playmobil-Pferdebein ein, das er sauber abschleift und weiß lackiert.

Das Beste am Besuch einer Aufführung am Deutschen Theater in Berlin: Hier hatte Kafka vor hundert Jahren auch gesessen. Du liebst es oder du hasst es. Du möchtest es umarmen oder niederschlagen. Aber du siehst es nicht vor dir. Also geh es suchen.

Ich schrieb in mein Notizbuch und klappte es zu. Mein Notizbuch schrieb in mich und klappte mich zu. Dann begann es zu regnen, und der Sommer war vorbei.

19. Notizbuch

Er versteckte sich in einem Glascontainer. Problem: Es passte nur sein Arm durch die Öffnung, der Rest seines Körpers hing auf dem Container. Natürlich fanden sie ihn.

Der Regenschauer war gerade vorbei, und die Straße entlang standen noch die Topfpflanzen auf dem Bürgersteig. So schön würde die Straße nie wieder aussehen. Schon am Abend war das Grün wieder verschwunden.

Auf vier Laternen saßen insgesamt siebzehn Tauben, sieben auf der ersten Laterne, fünf auf der zweiten, vier auf der dritten und eine Taube auf der vierten Laterne. Dann flogen die Tauben davon, und die Laternen standen da wie vergessene Ruinen (auf der Kottbusser Brücke).

Er trug die Gemüseeinkäufe, und sie schob ihr Fahrrad neben ihm, im Korb das Weißbrot und den Rotwein. Ein herzzerreißendes Paar, das glücklich war. Mögt ihr ewig leben.

Sie sagte, Einsamkeit sei für sie die Hölle. (Wieder eine dieser Wahrheiten, bei denen auch das Gegenteil stimmt.)

Er sagte: Drei türkische Jugendliche, die aus einer Moschee gekommen waren, spuckten vor einer Kirche in ein Gefäß mit geweihtem Wasser.

Er fing Feuer und sprang in den Fluss, der das Feuer löschte. Doch er ertrank, er konnte nicht schwimmen. Und in den Himmel kam er auch nicht, er glaubte nicht an Gott, und der lachte ihn aus.

Christoph Schlingensief ist gestorben, am 21.8.2010, und trinkt gerade Champagner mit dem Fährmann.

Der Künstler in der Zeit nach der Postmoderne: Alles wird gemacht, nichts hat mehr Wirkung. (Was sollte er jemandem entgegensetzen, der einen Sprengstoffgürtel um den Bauch schnallt und damit sich und andere in die Luft jagt?)

Es ist eine zerrissene Zeit, doppelt zerrissen, dreifach, in kleinste Schnipsel zerrissen und in die Luft geworfen.

Im hohen Gras wirst du frei sein (aber halte den Kopf unten, wegen der Sense).

Einen Zeitraum festlegen, vorzugsweise am Vormittag, in dem man nachdenkt über den Kummer im Leben, und nach dem Mittagessen, ähnlich einem Buchhalter, diese Gedanken ablegen, ruhen lassen und weiterleben.

Drei Mädchen saßen auf der Brücke wie hässliche, geschnitzte Eulen, die man zu anderem Kram ins Regal gestellt hatte. Eine spielte sich am Hintern rum, und die anderen beiden sahen sich um, ob sie schon jemand als hässliche Eulen enttarnt hätte.

Vier Brüder besaßen einen Teppichladen. Der erste war böse, der zweite irre, der dritte tot und der rechtschaffene von ihnen mein Vater. Es gab noch einen fünften Bruder, aber der hatte sich schon vor Jahrzehnten das Leben genommen. Über ihn ist nichts bekannt.

Im Radio wurde ein Blues aus den 1930ern gespielt, und ich dachte: So bin ich, und so muss ich immer sein.

Ich saß in einem Café und hatte mein Frühstück gegessen, nur die Johannisbeeren waren mir zu sauer, und sie lagen als verlorene Dekoration am Tellerrand. Eine alte Frau blieb neben dem Tisch stehen und zeigte mit dem Gehstock auf die Beeren. »Sie mögen wohl keine Johannisbeeren«, sagte sie. »Nein«, sagte ich, »zu sauer«. Da schwang sie den Stock über ihrem Kopf, rief

»Ich auch nicht« und lachte im Weggehen so schrecklich, dass ich Angst bekam, nach Hause lief und alle Fenster zunagelte.

Drei Straßen vom Theater entfernt stank es schon nach Theaterpublikumsparfum.

Ein Mann fiel vom Himmel und bewegte sich sein Leben lang auf Knien.

I heard you have problems with ponies and pigs?
No, I just can't find my car keys.

Ich bat ihn, zu schauen, aber er sah nur kurz hin, und dann begann er redend abzuschweifen, und ich wandte mich von ihm ab.

Das Viele, das wir zueinander sagten, ich habe es vergessen. Das bisschen am Ende, ich vergesse es nie.

Die falschen Hoffnungen, sie bleiben mir die liebsten.

Er sagte seinem Verleger, er würde seine Texte nicht vor Publikum in irgendeinem Literatur- oder Theaterhaus vortragen; in einer Höhle, ja, oder im Wald vielleicht.

Wenn du dort angekommen bist, wo nichts mehr verkauft wird, geh weiter bis auch die Bäume verschwunden sind (und dann weiter).

Suche einen Fluss. Setz dich an sein Ufer. Und bleib sitzen. Steh nicht mehr auf.

Wenn das Leben nur dies sein könnte: ein Bach, der kein Bedürfnis verspürt, zu trinken.
Wenn alle am Fluss sitzen, soll der Fluss austrocknen.

Aus dem Nebel, der auf dem Kanal liegt, erscheinen Enten und Schwäne. Wie ein erster Moment von irgendwas, wie ein letzter – Anfang Oktober.

Als ich gestern Nacht am kaum beleuchteten Kanalufer entlangging, erschreckte mich eine unartikulierte Stimme aus dem Gebüsch. Reflexartig mahnte ich die Stimme, ein Körper dazu war nicht zu sehen, und in der Dunkelheit verlor ich die Orientierung. Eine Antwort erhielt ich nicht, niemand zeigte sich, niemand verriet sich durch ein Rascheln, aber ihr Schatten verfolgte mich bis nach Hause.

Komm auf dem Weg zu mir, den nur du kennst (und erzähl mir nichts von diesem Weg); komm im Dunkeln.

An das Haus, in dem ich wohne, ist mit blauer Farbe »Bonzen raus aus Kreuzberg!« gesprüht. Dabei muss es doch heißen »Alle Menschen raus aus Kreuzberg!«.

Wenn ich das Haus verlasse, habe ich stets eine Handvoll Steine als Wurfgeschosse in der Tasche, zwei Messer im Rucksack und eine Kokosnuss in der Hand.

Nach mir kommen die Tauben, Spatzen und Raben und krallen sich, was übrig geblieben ist (Place des Vosges).

Ohne Phantasie kann man in dieser Stadt nichts erleben. Die Plastiktüte, die vom Mülleimerrand herunterhängt und im Wind einem Vogel gleicht, der den Schnabel in einen Blumentopf steckt.

Ich sah die Kirchen vor meinem inneren Auge brennen und zusammenstürzen. Ich werde zwar lange vor ihnen fallen, aber ihre Todesschreie werden bis in das Reich hallen, in dem ich dann bin. (St. Paul, Paris)

Nachts betrunken am Montmartre. Plötzlich steht ein Mann mit einem Messer vor mir. Ich leere meine Taschen aus, ein roter, kleiner Schein und Wechselgeld. Er will meine Turnschuhe, ich gebe ihm auch die Socken dazu, er lacht, das macht die Situation ein bisschen leichter.

»Denk immer an Dostojewski.«
»Wieso denn?«
»Oder denk an Tschechow.«
»Ist das denn besser, als an Dostojewski zu denken?«
»Nein.«

Ich erwachte mit dem Kopf am Fußende. Das Bettlaken hatte ich zum Kopfkissen gefaltet, mit dem Kopfkissen versuchte ich mich zuzudecken. (Nachts war ich aus dem Bett gesprungen und hatte eine Maus durch die Wohnung gejagt, mich dann aber wieder hingelegt.)

In der Metro nach Norden panisches Unwohlsein. Zu viele Menschen, zu schlechte Luft. Durch ein geöffnetes Fenster erwische ich einen Luftzug und es geht wieder.

Ein lustloser Blick aus dem Zugfenster auf Belgien.

Wenn ich von einer Reise zurückkehre, ist es immer dasselbe: Es ist nicht auszuhalten (Saufgesichter mit Bratwürstchen im Maul am Kölner Hauptbahnhof).

Ein dicker Mann konnte nicht schritthalten mit einer hinkenden Frau.

In ihrem Holzbein war ein Geheimfach. Darin befand sich stets ein fein gedrehter Joint, den sie jetzt herausnahm und anrauchte.

Manchmal entglitt ihr das Gesicht. Dann war sie eher hässlich, also eher schön, also hässlich, also schön, usf.

Sie wäre die Einzige gewesen, die mich, die mich, ja, die mich, sie, die Einzige… (so klingt ein gebrochenes Herz).

Holzbeinmenschen wanderten durch die tote Architektur der Stadt.

Ich grüßte einen Hund, den Besitzer sah ich gar nicht an.

Heute ist wieder jemand gestorben, dessen Namen ich nicht kannte, dessen Namen ich niemals kennen werde.

Und dann ist heute am Sonntagmorgen Claude Chabrol gestorben. Er hatte recht: Die Frauen sind an allem schuld.
12.9.2010

Traum: Es gibt keine Heilung mehr dafür, mein Kopf muss jetzt amputiert werden.

So möchte ich sterben: Ein Feuer machen und wenn es erlischt, verschwinden.

Manchmal bin ich hart und unnachgiebig wie ein Stein, der nur darauf wartet, in die Büsche getreten zu werden.

Schon nach wenigen Minuten verließ ich das Kino wieder. Dem Hollywoodstar, der einen russischen Penner spielte, liefen die Tränen herunter und mit den Tränen auch die Schminke.

Fehlt nur noch, dass sich die Japaner und die Kinder jetzt auch noch Bärte wachsen lassen.

»Leben heißt, beharrlich einer Erinnerung nachzuspüren.«
(René Char)

Ihre Paul-Klee-Nummer hat meines Wissens bei etlichen Lesern Entrüstung hervorgerufen, und ich habe auch von empörten Leserbriefen vernommen. Ich gestehe, dass ich Ihnen diese Proteste sehr gegönnt habe, denn ich habe selbst meinen Teil zum Geschimpfe über den verunglückten Klee beigetragen. Umso mehr drängt es mich jetzt, meine höchste Anerkennung für Ihr neuestes Zooheft zum Ausdruck zu bringen.
(Leserbrief an das *Du*-Magazin, 1948)

»(…) schon der Gesichtskreis hier um mein Fenster ist mir zu groß.«
(Franz Kafka)

Trink einen Schluck, sprich dann, aber nur kurz, trink aus und füll auf, sprich (kurz), trink (einen Schluck) und sprich weiter, trink weiter und so weiter.

Wer alles zueinanderfindet und wer nicht – das ist das ganze Elend.

Nimm mich an die Hand bis das Zittern aufhört (früher: Berühr meine Hand, dass ich zittere).

Geh lieber mit ihm, damit ich dein Ende nicht miterleben muss. Denn das wäre auch mein Ende.

Ich werde geboren, wenn ich einschlafe, und dann sterbe ich, wenn ich aufwache. Und so geht das jeden Tag.

Er fehlte ihm, einige Zeit. Dann fehlte er ihm nicht mehr, die meiste Zeit. So darf es nicht sein.

Auf die Dauer wird es nicht ausreichen, nur in manchen Momenten zu erstrahlen (nicht für die anderen, nicht für mich).

Er tat immer nur so, als wüsste er, was gleich zu sagen sei. Aber dann gab er sich geheimnisvoll und schwieg. Denn er wusste gar nichts, und sprechen konnte er auch nicht. Es dauerte lange, bis ich dahinterkam.

Ich war einmal ein Mensch und ging nachts durch einen großen Häuserwald. Am Himmel ruhte der Mond, Rauch kam aus meinem Mund. »Ich bin kein Monster«, flüsterte ich, »es ist nur kalt.«

Der Fuchs dreht mir kurz den Kopf zu, dann setzt er majestätisch seinen Streifzug über die Brücke fort und verschwindet zwischen den Platanen.

Und wieder der Fuchs, nein zwei Füchse, die einander durch die Nacht jagen. (»Heute Nacht habe ich etwas Großes erlebt«, werde ich später sagen.)

In einer teuren Wohnung hängt eine billige Lampe von der Decke (erste Lichter in den Fensterrahmen).

Geschlossenes »Schönes Café« (schönes »Schönes Café«).

In einer Bar sitzen zwei Jungs mit einem Mädchen am Tisch, und sie schaut den einen aus ganz verliebten Augen an. Der andere bin ich, und er denkt: Ich liebe dich doch auch!

Ein krankes Stillleben im gelben Schein der Laterne. Daneben ein Loch aus schwarzem Nichts.

Relikte sind nur noch dort zu finden, wo sie schon seit Generationen vergessen sind.

Endlich eine betrunken torkelnde, hübsche Frau, die nach billigem Parfum riecht. (Und etwas weiter eine Unterhose, die am Seitenspiegel eines Autos baumelt.)

Ruhig wie ein Baum stehe ich auf dem Asphalt, wachse aus einem Stein heraus (stillstehend beginne ich zu sehen).

So hört sich das also an, wenn ein Vogel träumt (in einer stillen Seitenstraße).

Eine Frau eilt vorbei. Jeder ihrer klackernden Schritte hallt durchs künstliche, gasbeleuchtete Dunkel. Blöder Geräuschmensch.

Die Brandschutzmauern der Hinterhofhäuser: die Windmühlen, die Riesen, die ich besiegen muss.

Die gekürzten, zensierten Texte, die in den zusammengeschnürten Tageszeitungen stehen, und die ursprünglichen, freien Fassungen, die niemand zu lesen bekommt.

Der beginnende Tag, sein Grollen aus der Ferne. Das Wirre macht sich im Nacken bemerkbar. Pass auf, das Durcheinander beginnt, und alles verschwindet wieder im Licht.

Alles gleichzeitig aufnehmend und die Gedanken auf das Kommende richtend; eben noch das Moos am Fuße der Ampel (in das man sich nicht legen kann, um auszuruhen).

Furcht, dass die Farben am Morgen vielleicht nicht wiederkehren könnten.

Die Worte an den Häuserfassaden sind nur Worte; es könnte sonstwas dranstehen, alles bleibt bedeutungslos.

Mit seinen Worten, mit seinem Atem, mit dem kleinsten Augenzwinkern machte er eine Lüge aus der Welt, und es würde tausend Jahre dauern, bis man sie vergessen (nicht ungeschehen) machen könnte.

Schon im Herbst lief er mit einem Wintergesicht durch die Gegend, und er verspottete jeden, der immer noch mit einem Sommergesicht herumlief.

Wenn sich die Totengräber davongemacht haben, bist du entweder schon lange tot oder in einer beschissenen Zukunft ohne Tod.

Das In-der-Küche-sein hat überhaupt nichts mehr mit Sex zu tun.

Der amerikanische Kontrolleur am Immigrationsschalter war Mensch geworden: Er glaubte dem Mann mit dem One-Way-Ticket, der behauptete, er habe kein Rückflugticket nach Europa, er sei nur nach New York gekommen, um sich den letzten Wunsch zu erfüllen und hier zu sterben.

Wenn da niemand mehr wäre, der nach Gott schreit, sondern nur noch das Kind, ohne Sprache und Erinnerung, aber mit einer Vorstellung des Guten in seinem Herzen, es wäre Gott.

Das stieß ihnen zu: Ihnen stieß nichts zu.

Der ewige Regress
(Zur Verleihung des Literaturnobelpreises 2010; geschrieben mit D.):
Llosa ist ein Dreck gegen Camus.
Und Camus ist ein Dreck gegen Kafka.
Und Kafka ist ein Dreck gegen Dostojewski.
Und Dostojewski ist ein Dreck gegen die Apostel.

Und die Apostel sind ein Dreck gegen den Steinzeitmenschen, der mit einem Stein ein Mammut erschlagen hat. Und der Steinzeitmensch, der mit einem Stein ein Mammut erschlagen hat, ist ein Dreck gegen dieses Mammut. Das Mammut konnte natürlich nicht ahnen, als es als Letztes seiner Art am 17. April 2172 vor unserer Zeitrechnung starb, dass ihm einmal zu Unrecht nicht der Literaturnobelpreis zugesprochen werden würde.

Die Herren, die Harmlosen / Die Starken, die Müden / Die Glücklichen, die Betrübten / Die Entsetzlichen, die Gütigen / Die Geborenen, die Sterbenden / leben allesamt in Häusern / unter denen / die Ratten / immer nur Ratten sind
(D.s Gedicht für mich)

Wenn es an der Tür klingelt und du gehst nicht hin, bist du auf dem richtigen Weg zu dir selbst (klingelt es ein zweites Mal, geh und öffne).

Geh auf direktem Weg. Steht da ein Haus, grabe ein Loch darunter hindurch oder steige darüber. Weiche nicht ab vom direkten Weg.

Am Abgrund beten. Und am Fuße des Bergs. Und auf dem Gipfel angekommen auch.

Immer, wenn er Angst bekam, wechselte er die Straßenseite und ließ die Angst auf der anderen Seite.

Ich stand heute Morgen auf, kochte mir einen Kaffee und war glücklich. Ich stand heute Morgen nicht auf.

Diejenigen, die nur Rätsel lösen, sollen verschwinden.
Er schrieb nichts mehr auf, weil er nicht mehr lachen konnte, sondern nur noch Schmerz empfand.

Verbrennt mich mit Anzug, Mantel, Mütze und einer frischen Garnitur Unterwäsche – ich möchte nicht als schmutziger Lump gelten, wo ich dann hinkomme.

Die Penner saßen auf dem Platz und tranken billigen Wein. Der eine Penner spielte Gitarre und traf keinen Ton. Sein Gesang leierte, und er stank aus dem Maul. Die anderen Penner klatschten Beifall und jaulten.

Hase und Beine – Lügen haben kurze Igel.

Mein einziger Stuhl für Gäste ist kaputt (es ist auch niemand da, den ich einladen möchte).

Sei unbarmherzig, also gerecht.

Er freute sich so erschöpfend (er freute sich auch darüber, dass er sich so sehr freute), dass er am nächsten Morgen kraftlos und krank war.

Er soff und soff, und als er ganz besoffen war, begann er zu reden, über die Eltern und sich, aber dann sagte er, was sein Vater immer an einem gewissen Punkt gesagt hatte (»Darüber gibt's nichts zu sagen«), und er schlug das Glas verkehrt herum auf den Tisch, und damit war dann alles gesagt.

Er war ohne Hoffnung, da begann seine Zeit als Künstler. Aber je besser er wurde, desto größer wurde auch seine Hoffnungslosigkeit. Und als er zum Romantiker wurde, war er verloren.

»Der Wunsch, auf dem Weg in die Stadt überfahren zu werden« (D.) und da zu liegen wie ein totes Tier, und die Menschen gehen teilnahmslos vorüber, fahren mit dem Fahrrad daran vorbei, später dann vom Regen im Rinnstein davongespült.

Traum: Tanzaufführung mit avantgardistischen Nudisten (in Schwarz-Weiß). Ich sitze unter den Zuschauern in farbigen Autokabinen, die Scheibenwischer quietschen auf den trockenen Scheiben. Großgewachsene, schlanke Balletttänzer mit zurückgegelten Haaren und gestutzten Oberlippenbärten tanzen um Frauen, die auf Diwanen liegen und still beobachten.

Nachdem er ihre Brüste gestreichelt hatte, lief er davon wie ein Junge, der Bonbons gestohlen hatte. Und sie konnte nicht aufstehen, sie hatte es zugelassen, dass er ihre Brüste gestreichelt hatte.

»Aber ich habe doch immer viel gelacht«, sagte sie.
»Gerade wenn du gelacht hast, hättest du weinen müssen«, entgegnete man ihr.
»Was haben Sie denn mit dem Messer vor«, fragte sie verängstigt.
»Sie zum Lachen bringen«, antwortete man ihr ganz ruhig, »ein letztes Mal«.

Heute erfahren: Mein Nachbar ist vor über einem Monat gestorben.
18.10.2010

Die Schwelle zum Schreiben hin sollte endlos hoch und unsichtbar sein.

Denk an die Speisung der Fünftausend, mach Kaffee und Schinkenbrot und denk an Jesu Blut, setz dich an den Tisch, iss und trink, und dann nagel deine Füße am Parkett fest und deine linke Hand am Tisch, und dann schreib, bis es nicht mehr geht.
Traum: Ich wache von einem Krachen auf. Dann ein zweites. Ich richte mich im Bett auf, das Zimmer ist dunkel. Ich lausche. Dann wieder ein Krachen. Die Bücher, sie fallen aus dem Regal auf den Holzfußboden. Ich muss gehen. In der

Schwärze des Zimmers fallen die Bücher aus dem Regal, einzelne Seiten wehen durch den Raum. Die Decke über den Kopf gezogen, liege ich unterm Bett, das Krachen entfernt sich und verstummt nach einer Weile.

Traum: Der kleine Mann saß wieder an meinem Bett, während ich schlief. Hatte er mich heimgesucht oder war er gekommen, um mich zu beschützen? Im Erwachen sehe ich den kleinen Mann manchmal, wie er sich davonschleicht, ein Rücken und ein stummer Kopf ohne Gesicht.

Heute sah ich ihn, wie er an Bäumen ohne Blätter rüttelte.

»Ihr werdet Teil des Saftes sein, der in der Frucht ist« (René Char). Ihr werdet Teil des Meeresbodens sein, für Milliarden von Jahren, ohne dass euch jemand ansieht.

Bin ich schon so weit weg? Hören mich die anderen? (Im Flüsterton: Sprich nicht lauter, aber zu denen, die nah sind.)

Was liest du?
Frag doch: WIE liest du?

Wenn du in den Besitz eines Geheimnisses gelangst, erzähle niemandem davon, zerstöre es nicht, sondern bewahre es, indem du es vergisst.

Eine gewisse Hässlichkeit in der Schönheit. Eine gewisse Ruppigkeit in der Zärtlichkeit.

Stalins Devise: Ist ein Mensch beseitigt, verschwindet auch das Problem. (*njet tschelowjeka, njet probljem*)

Am 22.10.1938 gelingt die erste Herstellung einer Fotokopie einer Schriftvorlage in einem Labor in New York. 36 Jahre später werde ich geboren. Heute bin ich 36 Jahre alt geworden.

Die unsäglichen Menschen, die auf Türschwellen stehenbleiben.

Wer von denen beendet, wer von denen beginnt gerade den Tag? (Ein leerer und dunkler Bus ohne Fahrzielanzeige.)

Das erste Gesetz: Blumen duften
Das zweite Gesetz: Freude
Das dritte Gesetz: Siehe erstes Gesetz, usw.

Joseph Beuys mit seinem Gesicht, das aussieht, als wäre es auseinandergenommen und dann wieder falsch zusammengesetzt worden.

Laufe den ganzen Tag in der Wohnung hin und her, als suchte ich jemanden, den ich erschlagen kann.

Wenn es regnet, soll mir meine Frau einen Schirm über den Kopf halten. Aber wenn es aufgehört hat zu regnen, soll sie mir damit eins überziehen, damit ich nicht denke, ich sei der Kaiser von China.

My wife was kidnapped by a flying sausage.

Nur mit Coltrane, Monk und Mingus ist alles andere erträglich, kann kommen, was will.

»Die seltenen Augenblicke der Freiheit sind diejenigen, in denen das Unbewußte zum Bewußten, das Bewußte zu nichts wird (oder zum wildwuchernden Baumgarten).«
(René Char »Hypnos«)

Suche in deiner Kindheit danach, was du heute bist, und höre den Widerhall des eingefrorenen Schreis (und gehe diesem nach bis zu seinem, bis zu deinem Ursprung).

Das Leben ist voller Sensationen, die die abgestumpften Sinne nicht (mehr) als Sensationen wahrnehmen (heute Abend der pfeifende Wasserkessel, das Aufbrühen des goldenen Tees und das leergetrunkene, aber noch dampfende Glas.

Auch ich war einst das Kind, die Haare im Wind, auf dem kleinen Fahrrad sitzend, die Stützräder vom Vater abmontiert, ohne eine Ahnung, wie man bremste, nur wie man fuhr.

Während das Grollen näher kam, waren die Kinder aufgewacht und hatten Hunger bekommen.

»Ihre Magenprobleme«, sagte der Doktor zum Schriftsteller, »Ihre Hautprobleme, Ihre Rückenprobleme und alles andere auch, ich kann Ihnen natürlich etwas verschreiben, aber das wird Ihnen auf lange Sicht nicht helfen. Sie müssen mehr unter Leute gehen, finden Sie einen Weg, bleiben Sie offen für Menschen, auch wenn Sie sich vollkommen abschotten müssen, um zu schreiben, öffnen Sie sich danach wieder. Wenn Sie weiterhin allein bleiben, werden Sie daran sterben.«

Diese mich umgebende Sprache der Dummheit macht mich krank, Herr Doktor. Verschreiben Sie den Menschen doch bitte ein paar gute Bücher, nein, keine Zeitungen, Herr Doktor, dann stinken sie doch noch mehr aus den Mäulern, verschreiben Sie lieber Bücher (geflüstert: Herr Doktor, einen Krieg können Sie nicht verschreiben, oder?).

Der Bildzeitungsleser und der Mann, der französische Gedichte liest – wie gleichermaßen angeekelt sie ihre Köpfe schütteln, als ihnen eine Frau in der U-Bahn Esoterikhefte schenken will.

In der U-Bahn-Station roch es nach warmem Pipi, kaltem Kaffee und Verzweiflung.

Wenn er besonders gut aufgelegt war, konnte er andere so lächerlich machen, dass sie über Wochen hinweg kein Bein mehr an die Erde bekamen, und er tat das immer dann, wenn er nichts mit sich selber anzufangen wusste.

Du rastloser Mensch, der du keine Jahreszeit besitzt.

Den Freunden bin ich in derselben Weise treu verbunden wie einer Geliebten (aber wie die Geliebte waren auch die Freunde einst Fremde, für die ich eine Giftschlange war und auch wieder sein werde); heute Nacht träumte ich davon, wie ich zwei Freunden den Kopf abschlug und mich schuldig fühlte (nicht, weil sie tot waren, aber weil ich etwas getan hatte, das sich nicht wieder rückgängig machen ließ); am Nachmittag verabredete ich mich mit einem Freund und als ich ihn von weitem sah, hielt ich ihn für einen kleinen, dicken Mann mit kurzen Beinen, der einen grotesken Gang hatte; abends schlief ich das erste Mal mit der Geliebten, ohne sie zu küssen.

Traum: In einer Hand eine Take-Away-Box vom Asiaten, lief sie über eine rote Fußgängerampel, um ihn im schnellfließenden, dichten Feierabendgewirr nicht zu verlieren; mit der anderen Hand tippte sie ihm auf die Schulter, worauf er zögerte, seine Schritte verlangsamte, sich aber nicht umdrehte, er wusste, dass sie es war; sie tippte ein weiteres Mal, aber anstatt sich endlich umzudrehen, ging er weiter und sie blieb stehen, er entfernte sich und sie blieb zurück.

Wenn das Leben nur dies sein könnte: eine Himbeere an einer Erdbeerpflanze.

Das heillose Durcheinander der Menschen im Foyer nach einer Theateraufführung und das heilvolle Durcheinander der Blätter und Äste der Pappel im Wind vor dem Theaterhaus.

Wer leidet, aber nicht dagegen kämpft und nur winselt, den wird das Leid überwinden und der soll auch zugrunde gehen.

Er würde bald sterben, und seine Bewunderer waren noch nicht geboren. Oder waren seine Bewunderer schon vor seiner Geburt gestorben?

Mich selbst in einem Foto wähnen, in das ich unbeabsichtigt und zufällig hineingeraten bin.

Ernste Freundlichkeit, brüderliche Menschlichkeit, nüchterne Herzlichkeit, menschliche Wärme (als wären es Relikte, die man in der Erde findet und ratlos davorsteht).

Sie nahmen der Maschine die Außenhülle ab, und darunter verbarg sich ein Mensch, dem das Publikum zujubelte. Nach der Show ging der Mensch in seine Garderobe und legte die Haut ab, darunter verbarg sich eine Maschine usf.

Wenn das Leben nur dies sein könnte: Nacktheit, aber keine entblößende.

Es stinkt, alles stinkt, aber es könnte auch ebenso gut an meiner Nase liegen.

Sich aufhängen, weil man sich nicht schon längst aufgehängt hat.

Den Frieden mit sich selbst, mit Gott und mit den Frauen finden – in dieser Reihenfolge.

Er hatte in den Dingen alles gesucht, und in all den Dingen hatte er nichts gefunden, das über diese Dinge hinausging.
Auf ihrem Dreirad sitzend, sagte das Mädchen wie in einem alten Hollywoodfilm zu ihrer Freundin: Ich hau ab!

Er stand auf einer langen Rolltreppe und wollte diesen Gedanken für immer vergessen, wenn er oben angekommen war: Mit dem zufrieden sein, was ich habe oder bekommen kann – und das soll Glück sein?

Wenn das Leben nur dies sein könnte: die stille Weite einer unbekannten Landschaft.

Zarter Schneefall, den ich am Morgen durchs Küchenfenster im windstillen Hinterhof beobachte (Herantasten an den Winter, 24.11.2010).

Die wirklichen Unwirklichkeitsmenschen.

Mit jedem vergangenen Tag um eine Enttäuschung reicher (an guten Tagen um eine schöne Enttäuschung).

20. Notizbuch

Ich beginne ein weiteres missglücktes Notizbuch.

Lerne von der ruhigen Sorgfalt eines Trinkers, der sich eine Flasche Wasser und eine Flasche Schnaps im Supermarkt kauft und der, noch an der Kasse stehend, vom Wasser einen Schluck abtrinkt und dann mit dem Schnaps die Flasche wieder auffüllt.

Vor der Akademie der Künste am Pariser Platz jetzt im Neuschnee die Fußspuren von Imre Kertész, der soeben mit dem Taxi davongefahren ist.

Schneeluft, Kohleluft, heulender Wind wie von Tieren durch die nächtliche Kälte.

Die S-Bahn mit ihrem Bart aus Eiszapfen und der Gleisarbeiter, der ehrfürchtig grüßt und sich am Kinn kratzt.

Wenn das Leben nur dies sein könnte: ein warmes Fell im Winter und kühle Tropfen, die von der goldenen Haut abperlen im Sommer.

Heute verprügelte mich ein Mann, und ich fand endlich meine wahre Bestimmung. Heute verprügelte mich kein Mann, und ich suchte weiter nach meiner Bestimmung.

In einer Juravorlesung saß ich auf der Schlachtbank mit den anderen Schweinen und schreckte bei jedem Wort auf, das wie aus einer Bolzenschusspistole auf uns abgefeuert wurde. Ich schlug eine neue Seite in meinem Notizblock auf und schrieb ein Liebesgedicht für ein rothaariges Mädchen, das mein Gedicht nicht verstand und mich also auch nicht liebte. Es war nicht das erste Gedicht, das ich in meinem

Leben geschrieben hatte, aber es war wie der Anfang von etwas.

Da saß ein Mädchen und als ich es nur ansah, lief ich rot an wie ein mit der Gürtelschnalle gezüchtigter Hintern.

Wir rieben unsere kalten Herzen aneinander, aber sie wurden nicht warm, fühlten sich an wie zwei Kartoffeln in gefrorener Erde.

Wenn das Leben nur dies sein könnte: pathetische Nutten und unheilbare Melancholie.

Menschen ohne Tee in sich – so nennt man in Japan diejenigen, die für die Tragikomik des eigenen Erlebens unempfänglich sind. Menschen mit zu viel Tee in sich – so nennt man diejenigen, die sich ohne Rücksicht auf die irdische Tragödie von der Flut ihrer entfesselten Gefühle fortreißen lassen.

»Ich allein habe mehr Erinnerungen als alle Menschen zusammen je gehabt haben, solange die Welt besteht. (…) Ich wiederhole, dass die unbedeutendste seiner Erinnerungen genauer oder lebendiger war, als für uns die Wahrnehmung eines physischen Lustgefühls oder einer psychischen Qual.«
(Jorge Luis Borges »Das unerbittliche Gedächtnis«)

Ich lache lieber allein als mit anderen zusammen (ich denke, irgendwann lacht einer nur noch über den anderen).

Nach der Vorführung von Minnellis Madame Bovary ging im Kinosaal das Licht wieder an, und es war, als würde ein Albtraum beginnen.

»Walt Whitman hat das gleiche Verhältnis zur Kunst wie ein Schwein zur Mathematik.«
(*The London Critic*, 1855)

in berlin: / ruft die taube / ekelhaft ruft die taube / die taube ist eine stadtpest / die taube ruft nach der taube / und du, ein mensch, / musst es hören. / --- / ruft der italiener / ruft der spanier / ruft der amerikaner / ekelhaft ruft der italiener / ekelhaft ruft der spanier / ekelhaft ruft der amerikaner / der italiener ist / der spanier ist / der amerikaner ist / eine stadtpest / der italiener ruft nach dem italiener / der spanier ruft nach dem spanier / der amerikaner ruft nach dem amerikaner / und du, ein mensch,
musst es hören. / --- / ruft / ekelhaft ruft / eine stadtpest
(für ernst jandl)

Du hast Lesen gelernt, du kannst also lesen, aber du liest nicht. Du bist ein Analphabet.

Kam die Sprache zu mir herunter auf ein Pläuschchen, sagte aber schon bald, sie müsse noch einige Stockwerke weiter hinunter, sie müsse am Ende die unter die Straße heruntergekommene Sprache sein, und beim Weggehen nuschelte sie schon unverständlich.

Das Kind, das nach dem Aufstehen die Vorhänge aufzieht und in den Garten der Eltern sieht, ohne zu wissen, was ein Garten ist.

Der kleine W. war heute sehr verärgert. Er konnte sich einfach nicht damit abfinden, dass der Vater immer noch keine Brust besaß.

Als sie ein kleines Mädchen war, verschluckte sie sich an einem abgebissenen Fingernagel und hatte daraufhin die Idee, Hühnern beizubringen, wie man rückwärts ging, was ihr auch gelang. Von da an ging es für sie allerdings nur noch bergab.

Ein Mensch blieb plötzlich stehen und bekreuzigte sich. Dann spuckte er verächtlich aus und hielt sich den Mund zu. Mit der Hand auf dem Mund ging er weiter.

Am Morgen begegneten sich zwei Menschen auf der Straße. Der eine trug eine Tüte mit Brötchen in der Hand, der andere ein Buch mit Gedichten.

Das Unerträgliche: Waren es einst die Staaten, die den Anspruch erhoben, alles besser zu wissen, ist es heute jeder kleine Scheißer auf der Straße, der meint, er wüsste alles besser.

Drei Jahre hatte ich Kraft gesammelt, ihm wieder einmal zufällig begegnen zu können, ohne ihn ignorieren zu müssen (die Wege, die man geht und die man manchmal verflucht wegen der Hundescheiße, in die man tritt, und auch wegen der Menschen, in die man wie in Hundescheiße tritt).

Wenn das Leben nur dies sein könnte: stets Nebenspieler sein wie im Nô-Theater.

Das ausgelesene Buch liegt neben der leergetrunkenen Kaffeetasse auf dem Küchentisch, und durch das geschlossene Fenster sieht man eine ausgeblichene Hauswand im Hinterhof; die nicht schlafen, sind noch nicht nach Hause gekommen (werden sie jemals zurückkehren? sollen sie doch wegbleiben!); das Rauschen der Gastherme ist kein Ozean und das Sirren des Kühlschranks keine Zikade; noch ohne den morgendlichen Lärm, der von Menschen kommt, die laut zu den verschiedensten Orte eilen; eine unheimliche Welt, eine schöne Welt.

Nach dem Besuch eines Nô-Theaterstücks gingen F. und ich am Kanzleramt entlang zum Bahnhof. Ich pfiff die Nationalhymne, ließ den Zigarettenstummel auf die Erde fallen und spuckte aus.

An deinem Todestag wird dein Heute zu keinem Gestern.

kein Gedicht: / das hier / ist / kein Gedicht / (aber / es könnte auch / das Gegenteil / sein)

Einen Hund sehen und sich in ihn verlieben. Mit ihm gemeinsam durch die Gegenden streifen, ohne Vorstellung von Norden und Süden. Kein Besitzer des Hundes sein und ihn nicht an der Leine hinter sich herziehen oder von ihm gezogen werden. Den traurigen Blick ablegen und sich auf einer Wiese ausstrecken, von der einen niemand vertreibt.

Die Wahrheit ist, ich habe Martin Kippenberger 1978 das Gesicht mit einer Milchflasche verunstaltet.

ins Glas / in die Spalte / ins Nichts sehen / ins neue / oder alte Buch / in die Sonne / ins Licht sehen

Meine Freiheit nimmt zu mit den Worten, die ich schreibe, aber auch das Fremde und die Furcht.

Jetzt ist es dunkel geworden und still. Die Welt beginnt zu mir zu sprechen, und ich lege das Notizbuch beiseite und lausche ihr.

All die zärtlichen Worte, die ich an sie verschwendet habe, Worte in Briefen, am Telefon, ins Ohr gehaucht, stets zu viele Worte, weil ich doch nicht wissen konnte, dass sie sie an einem Ort ablegen würde, den sie leicht vergessen konnte.

Die Schlager werden niemals aufhören, im Frühling nicht, im Sommer nicht, und bis zum Winter haben sie sich so ins Gehirn gefressen, dass man sie niemals wieder loswird, dieses Gift der anderen, an dem man langsam stirbt, und wie sie sich dann auch noch an deinem Sterben ergötzen, während die Schlager weiter dröhnen.

»Geht doch alle scheißen mit eurer Realität.«
(Rolf Dieter Brinkmann)

Zwei glupschäugige Malergehilfen, der eine mit einer schwulstigen Oberlippe, der andere mit schütterem Haar, wie ein

Comic-Duo stehen sie in der U-Bahn und stoßen vereinzelte Worte ohne zusammenhängenden Sinn aus; ein anderer beißt schamlos und gierig von seinem Brötchen ab, und das Ei und die Remoulade quellen aus seinen Mundwinkel hervor; es ist dunkel, überhaupt kein Licht dringt durch die Wolken, ein riesiger Daumen, der alles runterdrückt.

Graffito in Kreuzberg: Bonzen aufs Maul.
Graffito in Charlottenburg: Kein Islam in Europa!

Er ging nicht mit den Lauten, Wilden und Wissenden. Er ging mit den Stillen, Ruhigen und Stammelnden – und zusammen waren sie schön.

Wenn das Leben nur dies sein könnte: der rote Vorhang öffnet sich, auf der Bühne spielt sich etwas ab und wenn sich der Vorhang wieder schließt, nichts als anhaltende Stille.

Nach dem ersten Akt war der Schauspieler nicht zurück in seine Garderobe gegangen, um sich für den zweiten Akt umzuziehen. Er war auf direktem Weg in ein nahegelegenes Wirtshaus gegangen und hatte sich dort Bratkartoffeln und ein Bier bestellt. Das Theater widerte ihn an, aber während er aß und trank und in seinem Kostüm mit falschem Bart am Tisch saß, spielte er seine Rolle im Stillen weiter, in der Hoffnung, sie werde Wirklichkeit.

Aus der Haustür raus, linksrum: Vor mir geht eine Frau. Ich schaue ihre Haare an, ihren Rücken, ihren Hintern, ihre Beine, ihren Gang. An der nächsten Ecke linksrum: Eine Frau geht mit zwei Männern nach Hause. An der nächsten Ecke linksrum: Ein Penner kann es nicht fassen, dass ich die vergammelte Matratze, das Prachtstück, an der Hauswand stehen lasse. An der nächsten Ecke linksrum: das Mädchen von der Tankstelle gestern Abend, ich denke immerzu an sie.

Das elende Geschwätz der Sonntagsspaziergänger und dann die tote Ratte auf der Straße – ein Vorbote einer Endzeit ohne Ende (und als Bestätigung noch der Vater, der sein schon weinendes Kind weiter anschreit).

Heute ziellos durch den kalten Tag gegangen und den Wunsch gehabt, ein Ziel zu erreichen, das über diesen kalten Tag und mich hinausgeht.

Wie schaffte es dieser Mensch dort an der Ampel, sich nicht vor den Lastwagen zu werfen? Wie schaffen es die Menschen tagein tagaus, nachtein nachtaus, sich am Leben zu halten?

Ein einzelnes Blatt und wie es zittert am Baum – das ist das Leben.

Wenn das Leben nur diese sein könnte: ein hässlicher Junge küsst ein hübsches Mädchen.

Schlurf, Moneten, Zaster, totale Ebbe.

»Es ist immer Nacht. Wenn das nicht so wäre, brauchten wir das Licht nicht so.«
(Thelonious Monk)

Wenn das Leben nur dies sein könnte: ein stetes Schweigen, und wenn dann einmal gesprochen wird, dann ist es etwas Wahres.

Die Mutter hatte sich an der Bushaltestelle, wo sie mit ihrem Mann und dem Kind ausgestiegen war, von ihnen verabschiedet und war allein die Straße entlanggegangen. Das Kind rief der Mutter hinterher, und die Mutter drehte sich nach dem Kind um und winkte. Das ging ein paar Mal so, bis sie das Kind nicht mehr rufen hörte und sich nicht mehr umdrehte. Aber sie war sich sicher: Das Kind rief immer noch.

Als sie sich dann schließlich noch einmal umdrehte, um zu winken, waren das Kind und ihr Mann nicht mehr da.

Der Affe, der vergeblich nach dem Spiegelbild des Mondes im Wasser greift, dabei aber den Mond am Himmel nicht sieht, versinnbildlicht in Japan die Orientierungslosigkeit der Unerleuchteten in der materiellen, irdischen Welt.

»Der Tod verhindert, dass man den Toten versteht.«
»Beim Rasieren steckte er den Pinsel in das nasse Laub eines Busches im Garten und ließ ihn von den Regentropfen befeuchten.«
»Schmerz ist so tief wie die Liebe, dachte Kikuji, sprach es aber nicht aus.«
(Drei Sätze aus Yasunari Kawabatas Buch »Tausend Kraniche«)

Wenn das Leben nur dies sein könnte: Bier und Schaschlik nach dem Sex.

Missbrauche oft Musik, um die mich umgebenden, von Menschen achtlos verbrochenen und wertlosen Stadtgeräusche zu übertönen.

Gib den Gedanken auf, die Leute könnten dich erhören, die Taubmenschen, die Brüllaffen, wenn du ihnen befielst: »Verschwindet!« Befehle nur dir selbst und sag: »Verschwinde!« Und lass die anderen zurück.

Wenn das Leben nur dies sein könnte: am Abend so müde sein, dass man sich nicht einsam fühlt.

»Ich hatte es satt, in Baltimore zu wohnen, und ich zog nach Chicago.« Und dagegen der Satz: »Ich hatte es satt, in Mannheim zu wohnen, und ich zog nach Bochum.« Man muss ja nur zwei amerikanische Großstädte in einen Satz packen und schon wird etwas draus, eine Geschichte vielleicht.

21. Notizbuch

Es war leicht bewölkt, aber schon warm, wenn die Sonne hinter den Wolken hervorkam. Ich schaute lange in den Himmel, und als ich die Augen schloss, sah ich die Wolken im Dunkeln weiterziehen.

Otto Sander stand am Straßenrand. »Guten Morgen«, sagte ich. »Na, Morgen ist gut«, antwortete er, und als ich auf die Uhr sah, war es fast drei Uhr.

Ein gelbroter Wurm schwebte durch die Luft, trug mich mit sich fort und ich ließ ihn, ganz widerstandslos, ganz frei für ein paar Minuten.

Am U-Bahnsteig wartete ein Mann, und in der Plastiktüte, die er neben sich abgestellt hatte, steckten rund ein Dutzend Regenschirme. Ein Regenschirmdieb, dachte ich. Noch nie vorher gesehen.

Ein Mann seilte sich von seinem Privatzeppelin ab und trat auf ein Krokodil, das ihn aus traurigen Augen ansah. Dann verschwand der Mann im Dschungel.

Da kommt mir jemand mit einem Buch in der Hand entgegen. Der wird mir bestimmt nichts tun.

Die Wurzeln der Bäume, die Wellen über den Asphalt ziehen, die an manchen Stellen aufplatzen – bald habt ihr es geschafft, meine Freunde.

Der Hund scheuchte sein Herrchen ins Wasser und befahl ihm: »Hol das Stöckchen!« Aber da war sein Herrchen schon ertrunken.

Wenn das Leben nur dies sein könnte: Regen aus einem strahlend blauen Himmel.

In meiner Straße wird alles nur gespielt. Der Vater mit seinen zwei Kindern morgens um neun vor der Eisdiele – Schauspieler. Die beiden Kinder, die ihm nicht gehören – gemietet. Der Drogensüchtige, der neben ihnen auf der Bank sitzt und sich eine Spritze in den Arm steckt – ebenfalls Schauspieler. Alles Schauspieler. Aber schlechte. Und die lange Menschenschlange, die um die Ecke führt, führt gar nicht zum Sozialamt, sondern zu einem Ladengeschäft – Kostümverleih & Requisiten aller Art.

Wenn das Leben nur dies sein könnte: eine Posaune, die man aus dem Futteral zieht wie ein Samurai sein Schwert.

Der Posaunist spielte nur für eine kleine Menschentraube, die sich vor der Bühne versammelt hatte. Er sagte, hätten ihm alle 5000 Menschen im Stadion ihre Aufmerksamkeit geschenkt, er hätte keinen Ton herausbekommen und wäre davongelaufen.

Ich erinnere mich daran, sagte D., wie ich einem Tippelbruder in Bremen einmal ein Happy Meal mit Hamburger, Pommes und Cola geschenkt habe und er mir aus Dankbarkeit in den Hals gebissen hat.

Mit dem Fahrrad stadtauswärts unterwegs. Plötzlich verstummte der Lärm, und ich hielt an, das Rauschen der Bäume ließ mich aufhorchen. Niemand mehr zu sehen, die Vorstadt geisterhaft. Gefühl der Zeitlosigkeit und mit der Umgebung zu verwachsen, auch mit mir selbst zu verwachsen. Fast liebevoll saßen die Vorstadtstreicher nebeneinander auf einer Bank im Park und tranken Wein aus Tetrapacks. Auf dem Rückweg traf ich dann, aus einer stillen Seitenstraße kommend, auf eine größere Straße, die ich überqueren musste.

Und auf der anderen Seite war wieder der Wirrwarr aus Menschen. Ich zögerte kurz, fuhr aber weiter und fand mich in einer Welt wieder, in der ich alles und jeden hasste, das Gekreuche, das Gewinsel, das Geschrei, den Gestank, die Abartigkeit in allen nur denkbaren Erscheinungen, eine Welt, in der auch alles und jeder mich hasste.

»Als Shimamura, unter der Kälte des anbrechenden Morgens erschauernd, sich langsam von dem Kissen erhob, war der Himmel noch ganz dunkel, doch in den Bergen wurde es schon leise Morgen. (...) Blendend weiß schimmerte der Schnee der Berge dort in dem Spiegel und mitten darin leuchteten ihre roten Wangen. Es war eine unsagbar reine Schönheit. (...) Als Shimamura genauer hinhörte, glaubte er gleichzeitig zwei verschiedene Kiefernwinde zu vernehmen, der eine war ganz nah, der andere etwas weiter entfernt.« (Kawabata Yasunari »Schneeland«)

Der honigwächserne Hase vor dem Salbeistrauch und dahinter der wolkenlose Himmel – die Farben eines Frühlingsmorgens.

Ich hatte große Lust, etwas zu tun, aber dann verging sie wieder. Ein anderes Mal hatte ich überhaupt keine Lust, aber beim Tun kam die Lust daran.

Bin nachts rausgegangen und hab's dort noch weniger ausgehalten als in der gottverlassenen Wohnung. Zwischen den parkenden Autos zeigte jemand seinen blanken Arsch und pisste hemmungslos an eine Wagentür. Der Wein in der Bar schmeckte nicht, aber das Mädchen hinter der Theke trug ein Sommerkleid. Ich hielt ein Buch in der Hand wie einen Schutzschild, und sie brachte mir Erdnüsse, mir, dem Affen, den sie nicht küssen wollte. Ich schlich mich zurück in die mondlose Nacht.

Als ich mich in einer asiatischen Imbissbude an den Tisch neben eine Frau setzte, aß sie nicht mal zu Ende, sondern stand einfach auf und ging. Heute schon bei allem besiegt, bevor ich überhaupt auf die Idee kam, damit anzufangen.

Welch erbärmliches Leben von einem, der nur einmal am Tag mit jemandem spricht, wenn er sagt »Kaffee, bitte«.

Bewegungslos stehen drei Gestalten vor dem Schaufenster eines Elektrofachgeschäfts und schauen sich die Nachrichten im Fernsehen an: Bin Laden tot. Neben dem einen stehen zig abgewetzte Plastiktüten, und die beiden anderen sehen aus wie Zwillinge, nur dass der eine in einem Luxusrollstuhl sitzt. Es regnet. Eine Viertelstunde zuvor hatte ein Mädchen zu ihren Eltern gesagt, man müsse »besoffen sein, um die Grünen zu wählen«. Plötzlich kann ich das Lachen nicht mehr zurückhalten. Aber das alles ist nur die halbe Wahrheit eines verregneten Tages in Hannover.

Wenn das Leben nur dies sein könnte: ein Glas Wein, lachen und tanzen.

Auf den Fußweg sind weiße Pimmel mit Eiern gesprüht, die den Weg in den Schwulenclub FICKEN 3000 weisen. Ein bekannter Kolumnist fährt gerade mit seinem Fahrrad darüber. Nur zwei Gründe, warum die Gegend hier zum Kotzen ist.

Ein Auto mit der Aufschrift »Pumpendingsbums« und einem Bikini-Model-Kalender auf dem Armaturenbrett (*Oh, the dashboard melted, but we still have the radio*).

Einige Meter weiter eine arme Gestalt in unmodischen, nicht zusammenpassenden Kleidern (die Sandalen zu groß, die Hose zu kurz, der Aufdruck auf der Plastiktüte nur noch zu erahnen). Und der Mensch, der in diesen Kleidern steckt, noch viel zerschlissener als das, was er am Körper trägt.

»Er spürte wohl, dass er nicht finden würde, was er suchte, und dass er von dem, was er finden würde, nichts wissen wollte. (...) Ich möchte alles tun, und ich weiß nicht, was.« (Emmanuel Bove »Ein Mann, der wusste«)

Keine Vögel am Himmel, nur der Dreck an der Fensterscheibe des Zugs nach Göttingen.

Dort, ein Falke auf dem Dach gegenüber, er hat darauf gewartet, dass ich ihn ansehe. Ach nein, es war nur eine Taube, die gerade aufs Dach schiss.

Das Kind schrie, und der Mann, auf dessen Schoß es lag, legte seine Hände auf die Brust des Kindes. Es hörte dann auf zu schreien, und der Mann sprach und scherzte mit dem Kind, das sabbernd lächelte. An einer Haltestelle reichte der Mann das Kind dann durch die hintere Tür aus dem Bus in die Arme einer anderen Person, die ich nicht sehen konnte. Er sagte etwas, das ich nicht verstand, und dann schloss sich die Tür, und der Mann setzte sich wieder auf seinen Platz. Er wischte sich mit der Hand übers Gesicht, durch die Haare, wieder übers Gesicht. Aber ohne das Kind sah er jetzt verloren aus, so, als wüsste er nicht, wie's weitergehen sollte.

Ich sah in den Himmel, schaute den Wolken zu, wie sie vorbeizogen, und dachte nur, ich müsste mit den Wolken ziehen.

Jetzt, da plötzlich das Kind im Zimmer stand und er den herannahenden Wind, den Regen, den aufkommenden Sturm spürte, war die Zeit gekommen: Er musste sterben.

»Ich überlegte, was ich tun sollte. Ich stand vom Bett auf, schloss meine Tür, wusch und rasierte mich in dem gesprungenen Becken, so gut es ging, und zog ein frisches Hemd an. Danach fühlte ich mich etwas frischer als ein Toter.« (James Hadley Chase »Sarg aus Hongkong«)

Beginne den Tag mit Lesen, langsamem Lesen, trinke einen Kaffee dazu und esse einen Apfel, alles ganz behutsam und langsam. Vielleicht entkomme ich so der Hetze des Tages, nein, nur so entkomme ich der Hetze.

Durch Stille und Schweigen geführt, sich selbst schreiben.

Fertige verschiedene Zeichnungen auf Papier an. Suche die beste heraus (entsorge die anderen) und filme diese Zeichnung als Ganzes und in den Details ab. Dann zerreiß die Zeichnung (filme auch dies und alles Weitere). Verbrenne die Schnipsel. Übergib die Asche dem Wind.

Spaziergang durch den Schnee, der von den Pappeln fällt, und alle Mädchen wie ein Solo von Coltrane.

Ich ging neben einem Feuerwehrmann, der gerade einer alten Frau geholfen hatte. Er war der Held des Tages, und ich verlangsamte meinen Schritt und sah ihm hinterher, wie er wahrscheinlich zur nächsten Heldentat schritt, und die Sonne brannte herab wie das Höllenfeuer.

Japanisches Gedicht: Weinen im Sommerregen – / die Tränen vermischen sich / mit den Regentropfen / und sickern in die Erde; / freudige Trauer, / ich lebe noch / und alle anderen sollen auch leben, / in ihren Unterschlüpfen angekettet ausharren.

Das Gewitter gestern verdunkelte den Himmel, aber nicht vollends. Und auch Blitze und Donner leuchteten und grollten nur verhalten in der Ferne. Als es zu regnen begann (wo war der Wind?), hatte ich Hoffnung, aber dann waren Gewitter und Stadt wie eine Kulisse aus den Babelsberger Filmstudios.

Einer hatte den kleinen Kindern die Kleider ausgezogen und verkauft. Ein anderer hatte seiner Frau siebzehn Kugeln in den Kopf geschossen, weil die ihm gesagt hatte, er habe nichts im Kopf. Und noch ein anderer hatte einen Hühnergrillwagen in Brand gesetzt, wobei zwei Mitarbeiter und 147 Hühnchen, die allerdings schon tot waren, umgekommen sind. Sie alle waren Halunken und Mörder, und er merkte, wie wenig ihn von diesen Verbrechern noch trennte.

Sie sagte, sie habe einen anstrengenden Tag gehabt. Morgens um acht Uhr zur ersten Beerdigung, um neun Uhr dann zur zweiten. Außerdem habe der Kuschelhase ihrer Nichte eine Psychose erlitten, nachdem er G.W. Pabsts »Tagebuch einer Verlorenen« im Kino gesehen hatte.

Da liegt sie und schläft, ist eingeschlafen, ohne mich, aber mit ihren Träumereien ganz bei sich. Unsere Worte hatten heute den Klang des Unausgesprochenen, der sich durch die leere, düstere Wohnung zog wie etwas Scharfes, an dem noch kein Blut klebt.

Nach jedem Telefonat fluchte sie, und natürlich fluchte sie zu Recht, und immer hoffte ich, dass sie rechtzeitig aufgelegt hatte und ihr Gesprächspartner nichts mitbekommen hatte.

Sie tranken Bier aus derselben Flasche, und nachdem er seinen ersten Schluck genommen hatte, trank sie die Flasche auf ex leer. Dann gingen sie zu ihm und machten Liebe.

Der vollkommen zerlumpte Penner, der seine Bierflasche in seiner Jacke verbirgt, und im Gegensatz dazu die umherziehenden Horden junger Menschen, die mit ihren Bierflaschen wedeln und auf sich aufmerksam machen müssen: Hey, seht alle her, wir haben keine Schwänze!

Zu viele Menschen in der U-Bahn, um die schöne Frau anzusprechen.

Was die Leute da wieder von sich geben, klingt zuerst wie ein Witz, aber irgendetwas an dem Witz stimmt nicht, und da wird klar, dass sie es doch ernst gemeint haben.

Es gab eine Zeit, da bin ich oft allein gewesen.
(Kleiner Junge zur Großmutter)

»Entschuldige, kann ich dir beim Tragen helfen?«
»Hättest du mich das auch gefragt, wenn ich hässlich gewesen wäre?«
»Ach, trag doch deinen Mist allein!«

Dieses Radiointerview. Ich habe zugesagt und gesprochen. Und die ganze Zeit habe ich gedacht »Worüber soll ein Schreibender wahrhaftig sprechen?«. Mit einer Pistole wollte ich ins Mikrofon schießen.

Mit der Zange stieg ich die Treppen hinab in den Keller, um die Bremskabel am Fahrrad meines Nachbarn zu durchtrennen. Und dann war sein Fahrrad nicht da, und ich war irgendwie erleichtert.

Nichts als die Wahrheit: Ein Flugzeug ist in mein Zimmer gestürzt; ich wurde von maskierten Heuschrecken entführt; ich habe Polen befreit; ich habe meinen Pimmel aus dem Staubsauger befreit; der Dalai Lama und Franz Kafka bitten um meinen Rat.

Das Gefühl, einem ungebetenen Gast Geld geben zu wollen, damit er verschwindet, und einem willkommenen Gast etwas persönlich Wertvolles zu schenken, damit er einmal wiederkommt (niedergeschlagen unter allen Gästen heute).

Vater unser, der du frisst im Himmel. Gesteinigt werde dein Name. Dein Reis koche, die Grille in deinem Bart verwese.

Komm bloß nicht in Versuchung, mich erlösen zu wollen. In Ewigkeit: Bleib weg!

Gestern ist Cy Twombly gestorben, am 5.7.2011. In seinen »Letters of Resignation«, die aus unlesbaren, wie hingekritzelten und in einem Brief zeilenförmig verlaufenden Strichen bestehen, findet er Worte, die nicht existieren, die ausschließlich und stets aufs Neue in jedem Leser entstehen, auch die Worte, die mir jetzt fehlen. Bye-bye, Cy.

Der Bauer verpasste den Zug in die Stadt, und er blieb Bauer bis an sein Lebensende. So war es ihm nicht beschert, ein Unglück gegen das andere einzutauschen. Das Leben blieb für ihn eine Mohrrübe, und das Leben war ja auch niemals etwas anderes. Eine Mohrrübe, sonst nichts.

Als die Mutter die Fahrräder aufschloss, stellte ihr das Kind eine Frage, die die Mutter mit »Jetzt mach schon« zischend beantwortete. Und als das Kind dieselbe Frage stotternd wiederholte, schrie die Mutter »Jetzt komm endlich«, und das Kind wurde noch kleiner und begann zu weinen.

Sagte die kleine E. zu mir: »Du sprichst gar nicht mehr, du rauchst nur noch ab und zu aus dem Mund.« Und dann später, als alle anderen über einen blöden Witz lachten und ich keine Lust hatte, mit ihnen zu lachen, da fragte mich E.: »Warum lachst du nicht, wenn alle anderen lachen?«

Schreibe, wenn das Kind da ist, nur über das Kind (und auch über das Kind, das du gewesen bist).

»Wenn du nicht …, dann …«
»Dann was?«
»Dann kriegst du Prügel.«
»Wohin?«
»Bis nach Amerika.«

»Everybody is lonely, worried and sorry. Everybody is looking for something.«
(Jane Russell in »Macao«)

Heute ist Sonntag. Es ist Abend. Hier ist sie wieder, die sich über alles legende Sonntagabendangst.

Wenn das Leben nur dies sein könnte: weniger Elendiges und mehr Himmel.

22. Notizbuch

»Echt? Echt ist alles, was ich sehe, oder Papa? Und wenn ich in einen Stein beiße, fallen mir die Zähne aus, und wenn ich gegen einen Baum laufe, bekomme ich eine Beule.« – Es ist nicht alles echt, was wir sehen, antwortete ich in Gedanken dem Sohn des Fremden, – aber das mit dem Stein und dem Baum, das stimmt.

Unterwegs in Erinnerungen, als wäre selbst die Gegenwart nur eine Erinnerung. Am menschenleeren Chamissoplatz Häuserblock an Häuserblock, Pflasterstein an Pflasterstein, Auto an Auto, ansonsten Leere. Ich denke an ein Foto, das ich einmal in einer Ausstellung gesehen habe: Eine Frau läuft über den Chamissoplatz durch den Sommerregen.

Auch in meinen Erinnerungen bin ich stets allein gewesen, habe ich keine Hand in meiner gehalten, selbst die Tiere haben mich gemieden wie einen Todfeind; nur ein Schweigen, das sich ausgeweitet hat bis in die Gegenwart; aus den Gedanken und Träumen der anderen gewichen, ein Abgeschüttelter, auch von Gott.

Er wollte allein sein, ohne die Frau, ohne die Freunde, ohne Telefon, ohne Störungen (und bald auch ohne sich selbst).

Wenn das Leben nur dies sein könnte: ein jämmerliches Ende, auf das ein überschwänglicher Anfang folgt.

Mit der einen Hand schiebt der Junge die Unterhose des Mädchens zur Seite und fummelt, wo's warm ist, mit der anderen Hand stiehlt er ihr das Geld aus der Rocktasche.

Zu Beginn des letzten Frühlings habe ich das Mädchen nur dieses eine Mal an der Bäckerei Körtestraße Ecke Freiligrathstraße gesehen. Von ihren Haaren tropfte noch das Wasser der Morgendusche, und sie hielt ihr Frühstück in einer Papiertüte vor dem Bauch. Dann ging sie an mir vorbei und stieg auf ihr Fahrrad. Heute gehe ich wieder an der Bäckerei vorbei und denke an sie.

Neben dem Bett liegend, wacht er auf. Das Bett ist frisch bezogen und unberührt, und er liegt daneben auf dem Fußboden. Er denkt an seinen und ihren nackten Körper auf dem Bett, an die Abdrücke ihrer Körper auf den Tüchern, sie sind noch warm. Er liegt auf dem Fußboden neben dem Bett ohne Abdrücke.

Just what is it that makes a happy day change into something sad?
(Richard Hamilton ist am 13.9.2011 gestorben)

Singend sterben wie der Heilige Franziskus, ja, singend, und Rosen regnen vom Himmel und das Beileidstelegramm vom Präsidenten ist auch schon da.

Wenn das Leben nur dies sein könnte: ein sanftes Schlummern dem Tod entgegen, während der Mond und die Sonne sich vereinen.

Nur das beschreiben, was niemand sonst sieht. Alles andere kannst du vernachlässigen, denn es wird ja von allen anderen gesehen und immerzu und wieder und wieder beschrieben, als würde man es nicht sowieso sehen.

Die, die alles totbeschreiben, anstatt es zum Leben zu erwecken.

Aufregendes neben Langweiligem, anziehend Schönes neben abstoßend Hässlichem, Gefundenes neben Erarbeitetem und Raues neben Geschliffenem. Und all das in einem einzigen Buch, das nicht das Einzelne isoliert, aber die Fülle des Ganzen beinhaltet.

Alles, was mich umgibt, ist manchmal, als würde man mich mit etwas vollstopfen, das es mir unmöglich macht, die richtigen (überhaupt irgendwelche) Worte zu finden.

Morgen kommt der Papst nach Berlin (und spielt besoffen Klavier, bis seine Finger bluten).

Ich habe das Weibliche vermisst, und als es dann vor mir stand, habe ich es zuerst gar nicht erkannt.

Wenn das Leben nur dies sein könnte: ein Glitzern, das ans Herz dringt und es ausfüllt.

Die Farben waren aus den Dingen gewichen und hatten sich in tiefroten Streifen am Horizont versammelt.

Traum: Ein katholischer Priester versprach mir für jedes Schildkrötenei, das ich ihm bringen würde, eine Prostituierte. Nachdem er gesprochen hatte, verschwand das Wasser des Flusses und im Schlamm lagen die Eier. Ich begann zu sammeln.

Erinnerst du dich noch daran, wann unser Sohn zum ersten Mal das Gras berührt hat (das dachte ich gerade, ohne Sohn und ohne Frau die Straße entlanggehend, an einem sonnigen Herbsttag).

Das Problem des Amokläufers: Er kann töten und töten, Ruhe findet er erst im eigenen Tod.

Er schoss wild in der Gegend herum, aber er traf nur drei Hunde; er traf sie nicht einmal, die Kugeln schlugen im Boden neben den Hunden ein, die nur über ihn lachten und fortliefen.
Ein Hochzeitsfoto von einem entsetzlich lächerlichen Paul McCartney in der Zeitung, mit kastanienbraun-gefärbten Haaren und gemachter Visage (er kann nicht sterben und er will es auch nicht).

Ein Junge ging hinter einem Mann her und versuchte, ihn zu erschrecken, indem er laut bellte. Und als sich der Mann mit einem ungeheuren Schwunge zu dem Jungen umdrehte, erschreckte sich der Junge so sehr, dass er winselte.

Vor einer Kneipe in Kreuzberg schreit eine Frau ins Telefon: »Ich brauch keinen Typen, der mir sagt, dass er mich anruft und mich dann nicht anruft. Ich brauch keinen Typen, der mich nicht wenigstens liebt.«

»Und wenn ich mir etwas in den Kopf gesetzt habe, dann wird's auch so gemacht. Entweder geh ich an der Welt kaputt oder die verdammte Welt an mir.«
(Aus Pier Paolo Pasolinis Film »Accattone«)

Da! (Wenn über der Hochbahn die Sonne glänzt, habe ich das Gefühl, die Bahn könnte mich an einen Ort bringen, an dem alles richtig ist. Aber dann ist die Bahn auch schon wieder weg und die Sonne hinter den Wolken verschwunden.)

»Ich blieb regungslos liegen. Ich wusste, was auch geschehen mochte, von nun an durfte ich mich nicht mehr bewegen.«
(Maurice Blanchot »Der Allerhöchste«)

In der Nacht war der erste Schnee gefallen, der am Morgen das Sonnenlicht so stark reflektierte, dass mir die Augen schmerzten. Ich bin dann unachtsam über die Straße gegangen und habe dabei einen Lieferwagen übersehen, der auf mich zugerast kam. Hinter dem Wagen wehte ein Schweif aus Schnee von seinem Dach. Als er ganz dicht an mir vorbeifuhr, war es mit einem Mal ganz still, und als er dann fort war, habe ich gedacht: Wieder einen dieser Momente zum Sterben verpasst.

Verrotteter Müll, der auf der Straße liegt, und verrotteter Müll, der sich bewegt, wie es Menschen einst getan haben.

Denke in guten und in schlechten Zeiten an die Vergeblichkeit aller Anstrengungen und allen Seins. Nur so lassen sich Niederlagen und Triumphe ertragen.

Als ich am Morgen das Radio einschaltete, war da zuerst nur ein Rauschen. Hindurch drangen dann die letzten Worte eines Mannes ohne Ehre und Sprache. Er war zurückgetreten. Ich schaltete das Radio wieder ab und dachte, das reiche nicht aus, die Luft müsse noch dünner werden, so dünn, bis er endlich abgekratzt ist.
(Kurz nach 11 Uhr)

Vor mir auf dem Gehweg gingen vier Mädchen. Eines ließ eine leergetrunkene Saftverpackung fallen, das zweite ein benutztes Taschentuch und das dritte Kaugummipapier. Das vierte ließ nichts fallen und bog links ab.

Behutsam ihr Kind auf dem Arm tragend, geht in Japan eine Frau einen schmalen Weg aus doppelreihigen Steinen entlang. Ihr Gang verwandelt den Weg in eine prachtvolle Allee. Den Doppelkinderwagen vor sich her schiebend, latscht in Berlin eine Frau mitten auf dem Gehsteig herum und macht sich breit wie eine Krankheit.

»Was bedeutet das denn?«, fragte er.
»Das kann Ihnen ein Freund von mir genau sagen«, antwortete der andere, »aber ich verrate Ihnen nicht, wer.«

Vor mir ging ein Mann mit zwei Tüten in den Händen. Dann öffnete er eine Luke im Boden, ließ erst beide Tüten und dann sich selbst in das Loch fallen. Ich schloss die Luke wieder und blieb noch etwas darauf stehen, um sicherzugehen, dass er nicht mehr hinauskam.

Er steckte den Kugelschreiber in die Hemdtasche und lächelte seltsam zufrieden. Im Radio folgte die Programmvorschau. Dann kam kein Programm mehr. Nur ein Rauschen. Sendeschluss.

Die Papierserviette lieblos gefaltet und das Besteck einfach daneben auf den schmutzigen Tisch gelegt bekommen. Ich wartete das Essen nicht mehr ab und ging.

»Wenn das Leben nur dies sein könnte: hindurch gehen durch den Wald, nachts, ganz wenig fürchten und irgendwie ankommen.«
(Hinderk M. Emrich)

Nachdem ich Fritz Langs »Frau im Mond« gesehen hatte, stand ich noch lange vorm Kino und sah hinauf.

Accattone, kurz bevor er stirbt: »Jetzt geht's mir besser!«
(Pier Paolo Pasolini »Accattone«)

23. Notizbuch

Der Kampf gegen die Riesen, der Kampf gegen die Windmühlen, der Kampf gegen den Fortschritt (der Kampf gegen die Riesen und Windmühlen ist wie ein Sieg der Phantasie über die Welt), der Kampf gegen sich selbst (wie stark ist der Gegner, und ist da überhaupt einer?).

Heilloses Durcheinander auf dem Hamburger Hauptbahnhof an einem Dienstagmorgen; überall Menschen, die mit kranken Körpern und starren Blicken an verschiedenen Schnüren gezogen ihre Wege langdackeln; ich erkenne Hamburg gar nicht wieder, wann bin ich das letzte Mal hier gewesen?; gleich geht es weiter nach Norden (wer seinen Hass gegen jemandem richten kann, wer nicht für die Rache und den Hass gemacht ist, muss weit weg und schnell vergessen, bevor er seinen Hass gegen sich selbst richtet).

Die jungen, trainierten Gesunden an der Polizeiakademie und dagegen die fetten, hoffnungslos dreinblickenden Stadtmenschen draußen auf der Straße, einige Touristen dazwischen, Tauben, das Holstentor, ein insgesamt ganz ordentlicher Kleinstadtmuff in Lübeck.

Wer bin ich schon, wenn du mich nicht ansiehst? Und wer bin ich, wenn du gegangen bist und mich jemand anderes ansieht, ich mich von jemand anderem ansehen lasse? Ich bin dann ein Niemand und stinke nach Verrat.

Durch die Straßen / ich liebe es immer noch / am Paul-Linke-Ufer entlang / die Schönleinstraße / oder die Böckhstraße / in der sanften Morgensonne / in der Dämmerung / menschenverlassen / vielleicht mit einem Fuchs als Begleiter / oder den Spatzen / dann gibt es noch Raum zum Gehen / und Luft zum Atmen / dann ist diese Stadt / nicht bloß vernichtend – / bleib in Bewegung

Sieben Trottel stehen vor einem Mülleimer, jeder mit einem Bier in der Hand. Mit der jeweils anderen Hand versuchen sie der Reihe nach Kronkorken in einen Mülleimer zu werfen und scheitern jämmerlich, stehen da wie eingesponnene Gartenzwerge vor einem verfallenen Haus. Der Busfahrer verweigert allen sieben Zwergen die Mitfahrt. Die Fahrgäste applaudieren.

Wenn das Leben nur dies sein könnte: nicht dieses stete Fieber, aber auch nicht dies kalte Herz.

IC von Uelzen nach Uelzen heute nur bis Uelzen.
(Automatische Durchsage am Bahnhof Hannover)

Zwei Jugendliche auf dem Bahnsteig:
»Höey, was machstu?«, der eine.
»Höey, was machstu?«, der andere.
»Höey, wo fährstu?«, der eine.
»Höey, wo fährstu?«, der andere.
»Höey, was hörstu?«, der eine.
»Höey, was hörstu?«, der andere.

In der ganzen Gegend nur ein einziges Schild: Haltestelle Bahnhof. Als der Bus kommt (kein Abfahrtsplan und der Bus auch ohne Fahrtziel an der Stirnseite), frage ich den Fahrer, ob er auch zur Fähre nach Hiddensee fahre. »Ich fahre überall hin. Endstation, Ankunft in einer Stunde.«

Im Bus ruft ein Junge, der ganz hinten sitzt, zu einem Mädchen, das ganz vorne sitzt: »Hannaaaaaaah, Hannaaaaaaaaaaaah!« Und als sich Hannah umdreht und lächelt, ruft der Junge: »Komm bloß nicht her, bleib, wo du bist!«

Mutter zum Mann, auf den Sohn zeigend: »Er springt jetzt schon vom 1-Meter-Brett.« Als wären sie dazu verurteilt worden, miteinander so und so lange zu sprechen (oder als wäre es das Kind seines Bruders).

Wenn das Leben nur dies sein könnte: etwas Schönes gleichzeitig mit einem anderen Menschen erblicken und keine Worte dafür finden (der Rhododendron im Garten bei H.E.).

Romy Schneider: »Ich liebe dich.«
Alain Delon: »Sei still!«
(Aus dem Film »Der Swimmingpool«)

Der nicht leidende Mensch bleibt nicht Kind.

Geschichte mit der kleinen E. geschrieben und dazu Bilder gemalt: eine Fliege, die in die Flamme einer Kerze hinein-, aber nicht wieder herausfliegt. Und dann hat H. gesagt, ich könne nur mit Kindergeschichten Geld verdienen.

Wochenlang eine Geschichte in Gedanken mit mir herumgetragen, und als ich heute das Gefühl hatte, sie aufschreiben zu wollen, misslang sie mir (unwiderruflich, dachte ich).

Auf eine Reise nur das mitnehmen, was man in einem Matchsack tragen kann (der verdammte Lärm der Rollkoffermenschen).

Nein, ich besitze keinen Koffer, in dem ich alles Wichtige aufbewahre, um innerhalb von ein paar Sekunden abhauen zu können; ich spüre, dass mir erst die Sprache ermöglicht zu verstehen, was wirklich vor sich geht, in mir und in der Welt; ich wäre gerne Rolf Dieter Brinkmann begegnet.

Wenn du mich suchst, ich bin am Weststrand, ohne Telefon oder Email, aber mit Steinen, die groß genug sind, dich damit zu erschlagen.

Er ließ einen Palast am Fuß des Berges errichten, allerdings ohne Aussicht auf den Berg, weil seine Lieblingsfrau dort zu Tode gekommen war.

Zwischen all den Steinen liegt kein Bernstein und auch kein Gold. Zwischen all den Steinen liegt nur Ruhe.

Doc Watson ist gestern gestorben, am 29.5.2012 (»Riddle Song«: »*And when I say I love you it has no end*«).

All die auf den Fernseher ausgerichteten Stühle vor den Cafés und Bars. Und später sitzt dann ein Alter vor irgendeiner Imbissbude während des Spiels, und er ignoriert es einfach.

Was sind das alles nur für seltsame Menschen, die auf Stühlen sitzen, die an Tischen auf dem Gehweg stehen, und dort frühstücken, wo vergangene Nacht ein Hund uriniert, wo ein Betrunkener sich übergeben hat.

Dieser Eintrag wäre beinahe zensiert worden: Ray Bradbury ist gestorben, am 5.6.2012.

Wasser
Waschmittel
Handgranate
(Einkaufsliste)

Ich mag diese Worte: Meschugge, Mischpoke, Fisimatenten.

Der Regen stürzte herab wie seit Monaten nicht. Kinder kamen aus einem Haus auf die Straße gelaufen, schauten hinauf und riefen: Hallo? Hallo? Hallo?

»Sie kam mit einem großen Glas voll Whisky und Eis zurück. Ich fand es verführerischer als sie, aber das sagte ich ihr nicht.« (James Hadley Chase »Die Katze im Sack«)

Immer wieder schätze ich die Distanz zwischen zwei Orten beim ersten Gehen falsch ein, bin stets viel kürzer oder viel länger unterwegs, als ich vorher gedacht habe (und im letzteren Fall meist schlimme Erschöpfung bei der Ankunft).

Ein Spatz pickte die Ameisen auf, flog dann in eine Hecke und kam gleich darauf wieder zurück, um noch mehr Ameisen zu picken. Es folgte ihm ein Dutzend weiterer Spatzen.

Nach dem Besuch einer Ausstellung im Bauhaus-Archiv ist das Leben draußen ein Schock – alles irgendwie zum Wegschmeißen.

Wenn das Leben nur dies sein könnte: ein gleißendes Licht, das den Fremden in mir erweckt, und ein kühler Schatten, der ihn wieder zur Ruhe bettet.

Kommt ein Fettsack mit zwei Thainutten die Kantstraße langgeeiert. Sagt die eine »Deswegen liebe ich die Deutschländer so« und lacht.

Ich glaube an nichts, für das ich getötet werden wollte.

Wehre dich nicht dagegen, an dem, was du tust, kaputtzugehen (oder finde einen Weg, daran zu wachsen).

Ich bin ein glücklicher und gesegneter Mensch, ich besitze ein »Fenster zum Hof«. Vor ein paar Tagen bin ich zum ersten Mal in vier Jahren dann auch jemandem begegnet, den ich manchmal vom Fenster aus in seiner Wohnung sehe. Er hingegen hatte mich noch nie gesehen und fragte mich, wie lange ich schon hier leben würde.

Vor zwei Jahren ist mein Nachbar gestorben, und seitdem steht die Wohnung leer. Ab und zu tut sich in seiner Wohnung noch was, dass ich mir dann vorstelle, wie er Wäsche macht oder sich ein Bier aus dem Kühlschrank holt. Aber dann ist es doch nur der Hausmeister, die Polizei, das Gesundheitsamt, eine Ratte, und irgendwann wird es eine Reinigungsfirma sein und dann das Sanierungskommando.

Die Halbstarken, die mit ihren Bieren in der Hand durch die Gegend stolzieren: die Kreismeister im Murmeln.

Schreib ein Gedicht, und dann versuch genau das, was im Gedicht steht, mit deinen Händen zu tun, und wenn dir das nicht möglich ist, zerknüll das Papier und schmeiß es weg.

Wenn das Leben nur dies sein könnte: ohne ohne ohne ohne ohne ohne ohne ohne, aber mit Liebe.

Die hin und her zuckenden Dinger da unten auf der Straße, mitten in der Nacht, wie sie da lächerlich rumzucken und was aus ihren Mündern schwallt, wie lebendig gewordene Mülltonnen, die nicht abgeholt werden.

Von denen die Frauen sagen, sie würden später einmal tolle Männer sein, das sind die schlimmsten Arschlöcher. Aber die Frauen würden das niemals zugeben, auch wenn es sich als wahr herausstellen würde.

Die Sonne ging auf, und da wollte er nicht mehr sterben. Die Welt errettete ihn.

Thinking of December 24th, whatever year: / denke ich an Jesus am Kreuz / und die Tränen Marias / umarme die Mutter / und halte sie / halte fest am Leben
(Für Yvonne Rainer)

Familienfeier. Ich erzählte etwas, und dann quatschte irgendwer von der Seite was rein. Ich fuhr noch zwei, drei Sätze mit meiner Geschichte fort, die Aufmerksamkeit war aber bei dem, der reingequatscht hatte. Als ich dann mitten im Satz abbrach, fiel es niemandem auf. Dieser Vorgang wiederholte sich noch ein weiteres Mal, wiederholte sich eigentlich bei jeder Familienfeier, aber bei dieser konnte ich über mich und die anderen wenigstens ein bisschen lachen.

For a moment I was free of feelings – love, hate, jealousy. And it felt like happiness. (Wer hat das gesagt?)

Alles muss ich dreimal sagen, dreimal machen, bevor eine Reaktion kommt (und dann kommt auch meist nur eine dumme Gegenfrage). Wenn ich gleich gegen eine Wand trete, soll die Wand heulen wie ein Kind.

»Ich will an den Himmel denken und der Welt mein Herz nicht schenken.«
(Bach Cantata BWV 166 »Wo gehest du hin?«)

Dort oben, das mit dem Bein zum Schuss ausholende Kamel, aus ihm ist schon ein Flamingo auf einem Bein stehend geworden, der jetzt dem Blau des Himmels weicht.

24. Notizbuch

Die Mitarbeiter des Fernsehsenders hatten die Fahrstühle mit Streichholzschachteln blockiert, und die russischen Soldaten kamen nicht hinauf in die Stationsräume. So konnte sich die Nachricht der Revolution im Land und in ganz Europa verbreiten (die estnischen Helden von Tallinn). Während der nächsten Tage fielen reihenweise alte Menschen einfach tot um. Ihre Lebensaufgabe war vollbracht.

Kohlbücher sind Bücher, die man so oft gelesen hat, dass sie blättern wie ein Kohl.

Zur Einsicht kommen und den Verstand verlieren.

Am Hindenburgdamm in Steglitz klaute eine Flaschensammlerin eine Flasche aus einer Plastiktüte, die einer anderen Flaschensammlerin gehörte.

Nur noch für die von vornherein verlorenen Sachen eintreten, dort, wo nichts zu gewinnen ist.

Immer ist Sommer, immer ist viel Geld da und immer rauschen im Hintergrund die Wellen des Ozeans. Immer ein wirklich miserabler Kinofilm.

Wahrhaftig sprechen und es wiederkehren lassen – das ist deine Aufgabe (alles andere nur der Chor der Lügen).

Beweis Weltfremdheit! Jeden Tag.

Aber wenn ich etwas denke, heißt das, dass das, was ich denke, überhaupt existiert?

Ich wünschte nur, Ezra Pound hätte zu mir gesagt: »*You're never going to be any good as a poet. Why don't you take up something useful?*« (War James Laughlin wirklich so schlecht?)

Ich sah einen Fußball allein auf dem Kanal dahintreiben, und oben auf der Brücke herrschte ein nahezu unendlicher Verkehr (Nils Koppruch ist gestorben).
10.10.2012

Die Frau, die auf dem Foto in der Zeitung zu sehen ist, wie sie Louis Armstrong beim Spielen auf seiner Trompete zuhört. Sie trägt einen seidenen Hosenanzug mit einem breiten Ledergürtel, eine Hand auf die schmale Hüfte gestützt, die andere auf einem Piano abgelegt. Feine Gesichtszüge, schmale Lippen, die blonden Haare schulterlang. Eine unbekannte Schöne, denke ich, meine unbekannte Schöne. Ich habe sie entdeckt, und von nun an soll sie mein sein. Erst beim Ausschneiden des Bildes lese ich in der Bildunterschrift: Grace Kelly.

Habe mich gefragt, wo eigentlich meine Freunde hin sind, und als ich dann in einem Hauseingang stand, habe ich auf dem Klingelschild den Namen »Daumenlang« gelesen. Ja, dachte ich, das könnte ein neuer Freund werden.

Um zu spät kommen wird gebeten.

In der Arztpraxis werfe ich meinen leeren Kaffeebecher in den Mülleimer, in dem noch mein Kaffeebecher von letzter Woche liegt.

Im November zieht sich alles zusammen. Und jetzt ist schon Dezember. Draußen ist nichts, das mich bewegt und schon gar nicht öffnet (und immer weniger Licht).

»Sie drucken erbärmliche Bücher, auf deren Seiten nicht einmal ein nackter Affe kacken möchte.« (Nachdem ich dieses Zitat gelesen hatte, kaufte ich das Buch.)

Kam ein Mann in den Laden. Auf seinem T-Shirt stand »Frieden«, und ich dachte »Krieg«.

Übermüdet durch die Straßen gehend, wurde ich ganz sanft. Jetzt kannst du dich verlieben, dachte ich. Und jetzt kann sich jemand auch in dich verlieben.

Die Alte, die auf der Brücke Zeitungen verkauft, saß in Decken und Plastikplanen versunken neben dem Zeitungsständer, in dem keine einzige Zeitung mehr war. Es fing gerade wieder an zu schneien.

Die Schneeflocken verharren einen Augenblick in der Luft, jetzt beginnen sie zu tanzen, irgendeine Melodie von Strawinsky, und ich tanze ein Stück meines Weges mit ihnen.

Die dicken Schneeflocken ruhen noch einige Sekunden auf meinem Gesicht bevor sie als Wassertropfen an meiner Wange herunterrinnen.

Ausschließlich »krass« als Adjektiv verwenden. Nie wieder flüstern, sondern nur noch mindestens ausrufen. Zu jeder vollen Stunde die Haare mit Wasser kämmen. Glücklich sein (krass sein). In die Kirche gehen.

»Mein Gott, was soll ich nur tun?«
»Jammer nicht rum und sei ein Mann! Was zum Teufel ist bloß los mit dir?«

Einmal sprach Gott zu ihm, er möge sich von einem Schwarm Bienen totstechen lassen. Und weil Gottes Wort nun einmal über allem steht, stieß er einen Bienenstock um, rieb sich mit reifer Banane ein und ließ die wildgewordenen Bienen gewähren, wie es das Gesetz verlangte.

Nachdem er eine Weile mit sich selbst gesprochen hatte, zuckte sein Körper unter kurzen Stöhngeräuschen, und er schüttelte seinen Kopf hin und her. Er sagte: »Der Staatsanwalt, der Schweinehund, hab ich nicht lange genug eingesessen, der miese Hund, der Schweinehund, die Rita hab ich gemacht, gut so, gut so, Schweinehund, der Barthel, der ist nicht mehr aus der Badewanne gekommen, hat das Badezimmer nicht mehr verlassen, ist nicht mehr raus aus dem Zimmer, aus dem Hotel, aus dem Land, der Barthel.«

Plötzlich traf ihn ein Lichtstrahl ins Gesicht und er saß mit weit aufgerissenen Augen und ganz ruhig da (er hatte entweder Gott oder den Teufel gesehen), und als die S-Bahn wieder im Schatten der Häuserblöcke fuhr, zuckte und schüttelte er sich wieder und brabbelte weiter so wie zu Anfang.

Eine kopflose Ratte lag auf den Gleisen, und ich suchte verzweifelt nach Marcel Proust, der bestimmt auf ihrem Kopf kaute und sich dabei einen runterzuholen versuchte, aber vergeblich.

Tausende, Millionen alte Menschen, die hinter seit Jahren nicht geputzten Fenstern und genauso lange nicht gewaschenen Gardinen in der dunklen Stube sitzen und darauf warten, dass das Leben endlich auch für sie ein Ende haben möge.

Sie werden geboren, immer mehr von ihnen werden geboren, und mir ist, als würden keiner von ihnen sterben, als würden einfach immer nur noch mehr von ihnen da sein.

Ich habe Lust, mich auf einen Gedanken einzulassen, und es ist, als würde ich gerade aus einem Koma der Gedankenlosigkeit erwachen, wie lange es anhielt, ich weiß es nicht. Wenn der Wolfsziegel pfeift, kommen die Wölfe.

Eine Bahnunterführung entlanggehend, machten zwei besoffene Russen den Affen, worauf ein Kind sie mit Affenlauten nachäffte, was die Russen wiederum dazu veranlasste, Affenlaute auszustoßen.

»Die ist doch schon vor über einem Jahr weg aus der Stadt«, sagte meine Bekannte, und ich dachte an all die Abende, an denen ich an ihrer Wohnung vorübergegangen war und gehofft hatte, sie vielleicht am Fenster zu sehen.

Das Studium abbrechen, eine Beziehung abbrechen, die Karriere abbrechen, Freundschaften abbrechen, alle Arten von Plänen und Träumen abbrechen, und wenn ich das Leben abbreche, enden auch diese Eintragungen.

Die schon gestorben sind.
Die leben und irgendwann sterben.
Die noch nicht geboren sind und trotzdem irgendwann sterben.
Die niemals geboren werden.

Im Zusammentreffen mit besonders Gesprächigen werde ich oft schnell sprachlos.

Kurz hinter Stendal hielt der Zug an einem See, auf dem ein einzelner Schwan verweilte (wie jemand, der sich vor einem Heiligtum verneigt).

Die Alte im Rollstuhl beobachtete die Kreuzung Hermannstraße und Flughafenstraße, sie war eins geworden mit der Umgebung, den Autos, dem Lärm und dem Dreck, eine lebendige Statue, schon seit Ewigkeiten dort.

Der Besitzer sagte, sein Jazzlokal sei lange ein Aquarium gewesen. Er meinte damit, die Leute hätten nur von außen hineingeschaut ohne auch zum Konzert hereinzukommen.

»Resumé / Razors pain you; / Rivers are damp; / Acids stain you; / And drugs cause cramp. / Guns aren't lawful; / Nooses give; / Gas smells awful; / You might as well live.«
(Dorothy Parker)

Weißt du, ich gehe hin und wieder an dem Kinderspielplatz beim Italiener vorbei und halte Ausschau nach dir und deinem Sohn. Aber egal, ob ich nur flüchtig schaue oder länger stehenbleibe und den Kindern beim Spielen zusehe, euch habe ich schon lange nicht mehr gesehen.

Die Zeit der Schatten ist vorüber, und die Zeit des Lichts ist eingezogen (auch wenn die Bäume dem Frühling noch nicht zu trauen scheinen, zu schockierend waren die letzten kalten Winterwochen).

Die Schule, an der Montag morgens gegen halb sieben immer mein Zug vorüberfährt, ist geschlossen und sie bleibt es auch nächsten Montag (in meinen Gedanken hat sie nie ein Schüler oder ein Lehrer betreten).

Die neuen Bewohner des Bergdorfes, die alles, was sie über die Berge wussten, aus Büchern über die Berge erfahren haben.

Er malte eine Gruppe von Bergen im morgendlichen Alpenlicht und stellte das Bild in Paris aus (die Landschaft ging zum Publikum).

Ich dachte, sie könnte mich vielleicht erkannt haben, und als sie mir zunickte, kam es mir vor, als dächte sie dasselbe.

Die Zeit wird kommen, Freund, wo wir uns wieder öfter sehen, und wenn sie nicht kommt, dann sehen wir uns spätestens in der Hölle wieder.

Mit versunkenem Kopf saß die Trinkerin auf einer Parkbank am Sophie-Charlotte-Platz, mit einem Atlantis-Kopf: versunken, unauffindbar und irgendwann vergessen.

Seit sie den Kirschbaum hinterm Haus gefällt haben, schaute ich aus dem ersten Stock bloß noch auf die eierschalenfarbene Wand eines Hauses. Einmal stand auf dessen Dach ein Reiher, dahinter in einiger Entfernung dann Bäume und darüber der Himmel.

»For sale: baby shoes, never worn.«
(Ernest Hemingway)

25. Notizbuch

Aus der angenehm dahingleitenden S-Bahn in den langsamen, stickigen, dahinrumpelnden Bus des Schienenersatzverkehrs an einem sonnigen Sonntag in West-Berlin.

Die Schrauber und die Maurer, die Wischer und die Stapler früh morgens in der U-Bahn, und wenn ich mit ihnen zusammen aus den dunklen Schächten herausfahre und in eine beinahe verlassene Stadt trete, die Sonne schon stark genug, uns alle zu wärmen (dass du dich mit den Maurern und Schraubern vereinen willst; mit niemandem vereine dich, nur mit der Sonne).

Gegen die vorbeipreschende Bahn wirkt die Vorbeifahrt des Autos wie in Zeitlupe und der Flug einer Nebelkrähe darüber wie etwas aus der Zeit Gefallenes (beginne die Tage langsamer).

Es drang in ihn ein, viel zu schnell ging das immer, ohne dass er sich dagegen wehren konnte, wie Musik, die seinen Körper erfasste, die aber nicht in ihm klang, sondern meist nur dröhnte.

Die unvermittelte Begegnung mit einem Freund und das Bedürfnis, mit ihm gehen zu wollen, es aber dann doch nicht zu tun und die schon getroffene Verabredung einzuhalten (wie vor zehn Jahren, als ich mit M. nicht weiter nach Israel geflogen bin; folge mehr dem Unbekannten, von dem du nicht weißt, wie es enden wird).

Gehe morgens im Anzug durchs Dorf. Ein schwarzer Porsche biegt auf den Parkplatz der Waldorfschule. Am Bahnhof ist der Entwerter kaputt, und ein freundliches Mädchen springt über die Gleise und stempelt ihre und meine Fahrkarte am Bahnsteig gegenüber. Dunstverhangene, südländische Landschaft.

Unter den Kirschblüten war ich glücklich mit dir, unter den Kirschblüten, die neidisch waren auf deine Schönheit.

Der Traum des Bahnrestaurant-Mitarbeiters, den er kurz vor der Ankunft in Berlin einem Kollegen offenbart: *det Beste is, eener säuft für zweehundert und zahlt dreihundert.*

Nach der Ankunft in Athen große Ablehnung von allem, besonders der billigen Betonarchitektur, die sich als weißgraugelbes, schmutziges Häusermeer bis an die Ränder der Berge erstreckt (einbetonierte Landschaft, befallene Landschaft; wie schafft sie es bloß, so viel Last zu tragen?). Aus dem Hotel über die Stadt blickend, denke ich, dass Individualität eine große Illusion ist (und jetzt versuch, dir Tokio vorzustellen); unten knattern die Motorräder und Mofas vorbei. Aus der Nähe betrachtet, sehen die Häuser noch wie Häuser aus, in der Ferne erscheint mir alles wie eiszeitliches Geröll.

Den Blick auf denen ruhen lassen, die mit ihren Blicken etwas, jemanden, eine Frau mit schwungvollem Gang verfolgen (ein Mann schnaubte gar, dabei war sie nicht mal besonders hübsch, nur besonders auffällig in ihrer Art zu gehen).

Das Billboard, montiert auf das Dach eines fünfstöckigen Hauses, zieren bloß noch decollagierte und verblichene Papierfetzen, zu kurz auch schon, um noch im Wind zu flattern. Ich sehe ein Paar, wie es vor dem Plakat den Liebesakt vollzieht und damit den Bann der anhaltenden Krise Griechenlands bricht.

Die Ruhe der sonnengebräunten, gut gekleideten alten Männer, die in den Cafés der Seitenstraßen sitzen. Ganz ruhig und freundlich wirken sie, wie ein Vulkan, von dem man denkt, er würde niemals ausbrechen.
Ein totes Küken liegt auf der Straße, und weit und breit ist kein Baum zu sehen, von dem es gefallen sein könnte, auch kein Nest erkennbar in irgendeiner Wandnische (und auch

nicht der Schuft, der für den Tod verantwortlich sein muss).

Da ist er endlich: der alte Mann, der einen Esel an einer Leine über den Gehsteig führt. Er erbettelt sich einen Kaffee und bedankt sich mit gefalteten Händen beim Ladenbesitzer. Dann trotten sie weiter, kommen nur ganz langsam voran. Der Esel ist beladen mit verschiedenen Bündeln, Schlafsack, Kleidung usw. Dabei ersticken die ganze Zeit vorbeifahrende Autos und Motorräder auf einer sechsspurigen Straße jedes andere Geräusch.

In einer Stadt, die nichts besitzt außer dem Meer (aus einer Stadt kommend, die alles besitzt außer dem Meer).

Leere Buchten an einem regnerischen Freitag im Mai (aber sie fürchten sich vor dem Wochenende, vor gutem Wetter und vor den Touristen).

Überall dort, wo man gerne ist, seine Zahnbürste stehen lassen, als Zeichen dafür, dass man gerne zurückkommen will.

Nachdem die Marktstände abgebaut waren, kam eine Aufräumtruppe zum Saubermachen. Vorne ein großer Müllwagen mit zwei Männern, die das Grobe von der Straße schafften (leere Obstkisten, Kartons). Darauf folgte ein Kerl, der mit einem Hochdruckreiniger bewaffnet war. Er beförderte damit Salatblätter, Orangenschalen, zermatschtes Obst und Gemüse und anderen Kleinkram in die Mitte der Straße, wo ein drittes Fahrzeug das ganze Zeugs einsammelte. Am Ende der Wagenkolonne machte ein Mann im Anzug die Abnahme (und als er ein einzelnes Blatt fand, kommandierte er einen der Arbeiter zurück anstatt das Blatt selber aufzuheben). Ein kompromissloses Spektakel, brutal, lautstark und rücksichtslos durchgeführt.

Das helle Braun ihrer halbhohen Lederstiefel, das pastellige

Mint ihres Kleids und ihre glatten, von der Sonne gebräunten Beine (ihr Gesicht blieb mir verborgen, oder schaute ich es gar nicht an?).

Als ich über einen Hügel kam und Athen gen Westen überblickte, war da Raum zum Staunen, mein eigener Raum, kein Befehlsstaunen.

Die Leichtigkeit der Weite (während Isadora Duncan auf der Akropolis mit dem Wind tanzt).

Um Mitternacht konnte Giacometti am besten malen. Tagsüber hatte er mit seinen Blicken die Welt in sich aufgesogen, mit unverwandter Eindringlichkeit geschaut, und in seinen Bildern fand sich ein Ausdruck, als hätte er während des Tages zum letzten Mal geschaut und das letzte Bild der Welt in sich aufgenommen.

1. Mai, Himmelfahrt, Pfingsten, Geburtstag, Weihnachten usw. – bloß Tage, an denen ich nicht zum Schreiben komme.

Überschrift in der Zeitung: »Es geht endlich los«. Warum steht da nicht: »Es geht endlich zu Ende«?

Die Weihnachtsdekoration wird in diesem Jahr nicht mehr abgenommen.

In der Blödsinnigkeit anderer leben müssen, tagein tagaus, wieder und wieder – die grässlichste Verfassung des Lebens.

Taylor Mead ist gestorben, schon Anfang des Monats. Denke an ihn und meine neunzig Tage in New York City.

»Leonardo DiCaprio is the best looking girl I've ever seen.«
(Vincent Gallo)

Vor Jahren saß ein Mädchen im Haus gegenüber bei Sommergewittern auf ihrer Fensterbank und ließ sich nassregnen; irgendwann ist sie ausgezogen.

»Sie lachte manchmal falsch, eine Stunde zu früh oder zu spät, und wenn man sich darüber aufregte, weinte sie.« (Joseph Roths Schaffnerin)

Ein Buch (auch dieses Notizbuch) in dem Moment, in dem man das Interesse daran verliert, einfach fallen lassen.

Derjenige von euch, der am verkommensten und versoffensten ist, soll über dieses Buch eine Postkarte aus der Hölle schreiben.

Das kleinste Mädchen aus der Gruppe lief auf die Rutsche zu, als wäre sie dafür geboren worden. Sie kletterte die Trittstufen hinauf, und oben angekommen hielt sie sich mit beiden Händen am Geländer fest. Sie zögerte; erst jetzt sah sie, wie hoch sie über dem Platz stand und wie klein sie selbst noch war. Das Mädchen rief nach der Betreuerin, die einen Schreck bekam, als ihr Blick sie dort oben auf der Rutsche fand, und die vom Kind auf der Schaukel abließ und zur Rutsche eilte. Auf halber Strecke stoppte sie und drehte sich abrupt um. Sie stand nun zwischen dem Mädchen, das ganz ruhig hin- und herschaukelte und dem, das oben auf der Rutsche stand. Die Betreuerin machte einen Schritt zurück zur Schaukel, dann wieder zur Rutsche, hin und her, wieder in die eine, dann in die andere Richtung, begann sich jetzt im Kreis zu drehen bis sie schließlich umfiel und im Spielplatzsand regungslos liegen blieb, während die Kinder weiter schaukelten, kletterten, lachten, das Mädchen hinunterrutschte und sie alle die Zeit vergaßen, die sie selbst längst vergessen hatte.

Was ich in meinem Leben nicht mehr sein kann, was ich nicht mehr sein kann, solange die Welt existiert: ein Vogel, ein Fisch oder nur die eine Träne, die aus den Augen einer Frau fließt.

Viereinhalb Stunden mit der U-Bahn durch Berlin und im überfüllten Zug durchs überflutete Land gefahren. Keinen einzigen wahrhaftigen Satz gehört. Als ich in Hannover beim Freund ankomme, ist in seinem Garten noch ein kleiner Fleck Sonne.

Eiskalte Coca Cola in einer lauen Sommernacht vom Kiosk holen, zu Hause die Dose knacken und sie mit der Liebsten teilen. Sonst nichts.

Durch den Garten schlich sich das Männchen im weißen Kittel, nein, als ich im Wohnzimmer das Licht ausschaltete, um mich schlafen zu legen, sah ich ihn. Er kam rechts aus dem Rhododendronbusch und ging über den ungemähten Rasen, der zu einer wilden Wiese mit kniehohem Gras und Margeriten herangewachsen war, in Richtung der Rosen. Seine weißen Haare, der weiße Bart und der weiße Umhang strahlten in der Dunkelheit, aber sie gaben kein Licht ab, sie strahlten für sich. Bisher hatte ich ihn nur aus Erzählungen anderer gekannt, nun hatte ich Gewissheit: Ich zählte zu denen, die ihn sehen konnten.

»Schau mal dort«, sagte jemand zu mir, »ein Fuchs.« Aber als ich aus dem Zugfenster sah, war er nicht mehr zu sehen. Ich nahm mir vor, ein paar Minuten später nach einem Reh zu rufen, nach einem dreibeinigen Elefanten oder einer fliegenden Schildkröte, aber dann rief ich »Schau mal da, eine Ameise!« und lachte beinahe bis zur Besinnungslosigkeit. Die Fahrt zurück nach Berlin dauert schon wieder so lange wie eine halbe Gurke.

Seit drei Stunden nichts als abgefressene Felder und Schrebergärten. Dazwischen Braunschweig und das immer noch überflutete Magdeburg, von Berlin noch nichts zu sehen. Durch ein Fenster nach draußen springen und zu Fuß weiter, denke ich, aber die Fenster lassen sich nur durch Einschlagen öffnen.

Die Bösewichte, die im Gangsterfilm in Scharen ins Maschinengewehrfeuer hineinlaufen ohne Deckung zu suchen, und die, die sich zwar, in Deckung gehend, eine längere Schießerei liefern, im entscheidenden Moment aber ihre Deckung aufgeben und auch einfach abgeknallt werden.

Wenn das Leben nur dies sein könnte: immer genau wissen, und wenn man es nicht weiß, immer genau nicht wissen.

Unten in der Wohnung, die zu dem Garten gehört, in dem der Kirschbaum abgeholzt wurde, wohnt jetzt ein Fettsack mit einem kleinen Dummchen. An der Stelle, wo der Kirschbaum gestanden hat, steht jetzt ein Grill, und auf dem Grill liegt jeden Tag Fleisch. Morgens hängt das Dummchen Wäsche auf. Ich vermisse den Kirschbaum, die Amsel, die darin sang, und das Eichhörnchen.

»The village were I come from near Manila is very nice, but I haven't been there for ten years.«
(Philippinische Zofe einer saudischen Prinzessin)

Wie herrlich barbarisch dies zarte Persönchen ihre Pizza aß, die Gabel mal wie ein Schreibgerät, mal wie eine Mistgabel, mal wie einen Meißel in den Fingern haltend. Was sie dann mit dem Messer abschnitt, absägte oder abhaute, führte sie ungelenk und umständlich zu ihren weichen Lippen. Ein Maul, ein Schlund tat sich auf, und sie steckte das Stück Pizza hinein und zermalmte es dann mit ihren schweren, kalkweißen Steinen unter herzzerreißendem Grollen.

Nachdem wir uns Jahre lang nicht gesehen hatten, waren wir uns innerhalb weniger Tage zweimal zufällig begegnet, und als ich sie fragte, ob sie mit mir ein Bier trinkt, sagte sie, wir würden uns bestimmt bald wiedersehen (als ich sie das nächste Mal sah, sie mich aber nicht, ging ich wortlos an ihr vorbei).

War er verstört, weil er mich nach Jahren des Nichtsehens nun an einem Ort wiedersah, den er nicht mit mir in Verbindung gebracht hatte, zu einer Zeit, in der er an alles andere, nur nicht an mich gedacht hatte, oder hatte eine allgemeine Verstörtheit in ihm Einzug erhalten und wohnte nun dauerhaft in ihm?

Als er gegen den Krieg wetterte, gegen den großen Krieg zwischen den Völkern, den wir gerade nicht führten, und gegen den kleinen Krieg innerhalb der Familien, fürchtete ich mich kurz vor ihm. Ich dachte, er könnte mich packen und mir den Kopf abreißen. Aber dann wich der Zorn wieder aus ihm, und er reichte mir seine Hand, die ich ergriff.

Gerade dachte ich, ich hätte K. beim Halt des Zuges den Bahnsteig entlanggehen sehen. Aber natürlich war sie es nicht, sah ihr die Person, die ich zuerst nur aus den Augenwinkeln gesehen hatte, beim zweiten Hinsehen nicht im Entferntesten ähnlich. Trotzdem hatte ich an sie und den Sommer gedacht, als wir uns mit der Sonne vermählt hatten. Wäre sie es gewesen, ich wäre nicht aus dem Zug gestiegen und sie wäre nicht auf mich zugelaufen und vor Freude in meine Arme gesprungen, die sie herumgewirbelt hätten, so wie einst, als wir nichts kannten und nichts dachten als uns.

Ecke Kurfürstendamm und Leibnizstraße fahren ein Ferrari, dann ein Rolls-Royce und danach eine unidentifizierbare Schleuder über die Kreuzung, alle Menschen sprechen Russisch. Rechts in die Giesebrechtstraße mit den meisten Stolpersteinen der Welt. Am Meyerinckplatz folgt der Zusammenbruch: Das Kurbel-Kino ist verschwunden, an seiner Stelle flimmert jetzt das Schleimgrün einer Biosupermarktkette.

Der Graffiti-Monsterkopf an der Mauer: Die Zeit hat ihm Falten, Furchen, Risse und Narben in die Fratze gezeichnet, und er sieht jetzt lebendig aus (die Zeit macht das Monster).

Ich lehn mich an die Wand, und die Wand weicht zurück.

Und jetzt sitze ich wieder in meinem kleinen Garten, der von Waschbetonkübeln, aus denen das Unkraut wuchert, umstellt ist, und spreche mit meinen zwei besten Freunden, den Plastikreihern, über die sanfte Stille, die uns umgibt, während die Sonne auf unsere Häupter fällt und wir uns schön fühlen (mein kleiner Garten, der gar nicht mir gehört, ist die große Allegorie für die mir ständig zu entgleiten drohende Poesie des Lebens).

Ich war glücklich: Ich träumte von einem Eichhörnchen.

»Die gelben, langweiligen Wintertage waren gekommen«, las ich den Anfang eines Kapitels, und sogleich fielen meine Augen zu und es war Winter (die magischen Zimtläden von Bruno Schulz).

Ist mir scheißegal, ob du deine Frau schlägst oder sie dich, solange ihr nur still dabei seid.

Als ich von meinem Buch auf und aus dem Zugfenster sah, standen zwei Störche auf einem Feld, und ich freute mich wie jemand, der etwas geschenkt bekommen hatte.

Traum: War im Kino, um *»The Place Beyond the Pines«* zu sehen, aber der Film war gegen einen namenlosen Zombiefilm getauscht worden. Als Vorfilm sollte noch eine Dokumentation von Volker Schlöndorff über die Pfaueninsel laufen, aber dann kam Schlöndorff in den Saal und sagte, er habe die DVD mit dem Film zu Hause vergessen. Er stand vor der Leinwand und schämte sich. Dann ging das Licht aus, und der Zombiefilm begann. Aber bevor der erste Zombie zu sehen war, schmierte die Datei ab. Am Bahnhof in Potsdam fährt jetzt auch kein Zug mehr nach Berlin.

Die beiden Kellner im Zugbistro erzählten sich eine blöde Geschichte nach der anderen, und als der eine von ihnen die nächste Geschichte nahtlos an die vorherige reihte, kam ein Mann ins Bistro, stand einfach nur so da und schaute aus dem Fenster auf einen stillen Himmel über der vorbeifliegenden Landschaft. In diesem Moment war die ganze Welt ein Kaurismäki-Film.

Wenn das Leben nur dies sein könnte: mit cremig gewärmten Gehirnen am See liegend einen Achtunddreißiggradtag überleben und nach einer zwölfstündigen Schwitznacht eine Kaltdusche nehmen.

Jason Molina ist schon vor Monaten, am 16.3.2013, gestorben. *»The heart is a risky fuel to burn.«*

Ich kann es kaum noch erwarten, zu dir zu gelangen (ich nehme beim Raufgehen die Treppenstufen doppelt). Ich kann es kaum noch erwarten, dich und mich und alles andere loszuwerden (ich nehme alle Stufen auf einmal und stürze die Treppe hinunter).

Ich fütterte die Enten im Maschsee. Schade nur, dass das Brot nicht härter war (ich hätte ihnen gerne die Köpfe damit zertrümmert).

An der U-Bahn-Haltestelle Peiner Straße fragte mich ein altes Männchen, ob ich ihm eine Fahrkarte ziehen könne. Ich zog ihm die Karte und während ich es tat, erzählte er mir von seiner Arbeit als Schlosser in einer Fabrik ein paar Straßen weiter. Als ich ihm die Karte gab, tippte er mir mit dem Zeigefinger an den Unterarm, und ich spürte die Kraft, die jahrzehntelanges Schraubenanziehen und Metallarbeiten hervorgebracht hatte, durch meinen ganzen Körper zucken.

Die kleinen Fontänen begannen ihr Wasserspiel, und sofort waren die Spatzen da zur morgendlichen Dusche. Als sie fertig waren, fütterte ich sie mit dem Rest meines Franzbrötchens, am Stuttgarter Platz, zurück in Berlin.

Mit schnellen Schritten eilte er vor mir her durch die kleine Seitenstraße, und als wir dann am Savignyplatz ankamen, verkrüppelte sich seine Erscheinung zu einem hinkenden, buckligen, stotternden Etwas, das einen Pappbecher aus einer Plastiktüte hervorholte.

Überall, wo ich rasten wollte, hatten sich laute Menschen breitgemacht, und ich zog weiter und weiter, bis ich schließlich zu einem Haus kam, an dem stand: Die große Offenbarung des Geistes ist die Stille.

Sagte ein Prolet zum anderen: »Was meint die Alte eigentlich, wenn sie sagt, mit Leuten wie uns könne man ja sowieso nicht reden? Wir sind doch keine stinkenden Mexikaner oder Schwuchteln.« (Auch sie dachten, sie seien das Salz der Erde.)

Der Schriftsteller betrat den Saal und das Publikum empfing ihn mit Applaus. »Keine stehenden Ovationen?«, fragte der Schriftsteller und verließ den Saal.

Sich noch im Traume wiegend, spürte er die Aufregung in seiner Brust, pulsierende Schläge von einem, der sich bemerkbar machen, der nicht ein-, sondern austreten wollte. Um wen mochte es sich handeln, wer rief nach ihm und dazu noch aus ihm selbst heraus? »Mein Herz«, sagte er im plötzlichen Erwachen und versuchte es mit der Hand wie zum Schutze zu umfassen. Durch das Fleisch und die Knochen keinen Durchlass findend, verformten sich seine Finger zur Kralle, verzog sich sein Gesicht zur Maske, sah und hörte er auch mit geschärften Sinnen den Kuckuck über ihm auf dem Glyzinienbaum, in dessen Schatten er lag, abwechselnd rufen und den Schnabel ins Holz treiben. Gleichzeitig spürte er seine kalte Hand schlaff auf seiner Brust liegen. Über ihm erstrahlten violett die Wolken (war dort oben nicht jemand und ertönte von dort oben nicht die schönste Musik?), und ein letztes Staunen entwich seinem Körper über die Lungen und den Mund, während der Gesang der Zikaden aufflammte und leiser, immer leiser wurde (als der Schnee im Frühjahr schmolz, keine Spur mehr von dem Mann, der mit dem Kuckuck, den Wolken und dem Schnee gegangen ist).

Der Heuchler, der über seine Tränen singt (my fucking tears), der Schamhafte, der hinter verschlossenen Türen oder im dunklen Kinosaal weint, und der Hoffnungslose, der weiß: Für Tränen ist es schon lange zu spät.

Auf einem Zettel stand der Satz »Der Mond scheint hell« zweimal untereinander geschrieben, oberer schnell und flüchtig hingeworfen, unterer schwungvoll, rund und leuchtend. Ich strich den oberen durch und ließ den Zettel auf einer Bank im Park liegen.

Das Bäumchen, das aus dem Schornstein wächst (zwischen den Haltestellen Savignyplatz und Charlottenburg) und der Blinde, der sich so sicher durch den Wagen bewegt, als hätte er ihn erfunden, konstruiert und gebaut.

Ein »Blokadnik« ist ein Überlebender der neunhundert Tage, in denen die deutsche Wehrmacht Leningrad eingekesselt und von allen Lebensmittelzufuhren abgeschnitten hatte. Seitdem wisse er, wie Kleister mit morschem Holz gekocht schmecke und dass man Puschkin essen könne.

Absage fürs Kyoto-Stipendium bekommen. Ich mach Seppuku.

Die erste Tasse Kaffee (Abole) ist für den reinen Genuss. Bei der zweiten Tasse Kaffee (Bereke) bespricht man wichtige Themen. Die dritte Tasse Kaffee (Tona) soll dem Haus Segen bringen.

Beim Verlassen des Botanischen Gartens der Gedanke: Draußen ist das Fremde, das Böse, nur das Allerschlimmste (und das war es ja auch).

Sicher doch, in deinem Buch von Pynchon zu lesen ist viel interessanter als mit mir etwas Echtes zu erleben, etwas, das vor Freude schmerzt oder so langweilig ist, dass du es bestimmt nicht vergisst.

Lautlos zieht die Wolkenformation am Himmel entlang, ohne Geschrei. Jetzt schiebt sie sich vor die Sonne und im nächsten Moment beginnt der Regen, endlich.

Wenn das Leben nur dies sein könnte: ein Spruch, der eingerahmt an der Wand hängt, etwa »Lausche auf den Ton des Wassers, und du wirst eine Forelle fangen«.

26. Notizbuch

Ich ging hinter ihr, ihr Parfum einatmend, das wie Sauerstoff für mich war. Als ich es nicht mehr aushielt, sie nicht zu berühren, blieb ich stehen und sah ihr nach, wie sie davonging. Sie wurde kleiner und kleiner, und noch bevor sie ganz verschwand, war ihr Parfüm schon verflogen.

Erinnere dich an die heiligen Momente (der Jugend?), in denen du deine Erlebnisse mit anderen geteilt hast und ihr am Ende des Tages gemeinsam müde sein konntet. Diese Müdigkeit hat uns alle dann noch enger zusammengeführt, hat uns noch stärker verbunden und uns letztlich aus der Gesellschaft ausgesperrt, in die einige von uns noch nicht wieder zurückgekehrt sind.

Im Frühling durch das Haar der Liebsten streicheln; im Sommer vom Strand aus ins Meer laufen und hineintauchen; im Herbst mit den Füßen durchs Laub schlurfen; im Winter über den Schnee knarzen und sich den Kopf im Schoß der Liebsten liegend streicheln lassen, bis es wieder Frühling wird.

»In das Tal fern dieser Jammerwelt, / wo sich die schroffen Felsen türmen, / der Berge klare Wasser schimmern / und die Kräuter herrlich duften… / Dahin! Dahin / will ich ziehen!« (Ryūnosuko Akutagawa »Kappa«)

»Kennst du das Land, wo die Zitronen blüh'n, / Im dunklen Laub die Goldorangen glüh'n, / Ein sanfter Wind vom blauen Himmel weht, / Die Myrthe still und hoch der Lorbeer steht, / Dahin! Dahin / Möcht' ich mit dir, o mein Geliebter, zieh'n.« (Goethe »Mignon«)

Ins Jammertal, wo alles verblüht ist, / wo die Zitronen grau sind und die Orangen grauer, / wo die Flüsse vertrocknet sind / und wo uns kein Mensch findet, / Dahin! Dahin / ziehen wir, Geliebte, nur dort kann es für uns weitergehen.

Eine Biene landete auf der Hand des wütend Herumgrollenden und besänftigte ihn, ja mehr noch, sie rettete ihn.

In der rechten Hand hielt er eine kleine Flasche Wodka, in der linken eine Caprisonne. Dann stürzte er den Wodka mit zitternder Hand in drei großen Schlucken herunter und machte dabei ein Zitronengesicht, ein Foltergesicht, nein, er machte ein Gesicht wie einer, der gleich sterben wird, und auch als er die Caprisonne mit dem Strohhalm leergesaugt hatte, blieb sein Gesicht unverändert (dann sprang die Verkehrsampel auf Grün um, und der Bus fuhr weiter).

Ägyptische Kulttexte sprechen von einer Grundangst des Menschen, die Sonne könne nicht mehr am Himmel aufgehen. Dieselbe Angst jetzt am Ende des Sommers in mir, wenn ich an den Winter denke, an die Kälte, die in alles einzieht, an die Zeit des wenigen Lichts.

Aus dem Mund des Toten fliegt eine Biene, es ist seine Seele, die die Welt verlassen will und summend zum Licht hinauffliegt.

Gieße eine Flasche schwarzer Tinte über ein großes Blatt Papier, nenne es »Das Ende des Schreibens« und halt endlich dein Maul.

Ich erwachte in den Morgenstunden und war bedrückt von einer riesigen Last auf der Brust. Ich stand auf, öffnete das Fenster und sah hinaus ins zarte Blau des Himmels. Mir schien nichts weiter, und ich atmete frei.

Auf dem Weg zur Bar »Schwarze Traube« an der Bar »Weiße Taube« vorbeigekommen. Die Ampel springt um von Grün auf Orange auf Rot, und der gelbrote Wurm bricht durch die Nebelwand am Görlitzer Bahnhof.

»As I was moving ahead occasionally I saw brief glimpses of beauty.« (Jonas Mekas)

Otto Sander ist gestorben, am 12.9.2013. Derjenige, der stirbt, ist immer der Größte. Otto Sander – du bist der Größte!

Durch ein Loch in der Gesäßtasche der Jeans lugt ein kleines Stück einer Zeitung; das andere Ende der Zeitung reicht bis über den Gürtel hinaus; ich stelle ihn mir jetzt vor, wie er sich seit Jahren schon die Zeitung in die Gesäßtasche steckt und mit jedem Mal dünnt sich der Stoff weiter aus, bis schließlich das Loch entstanden und größer und größer geworden ist; der Mann verschwindet jetzt aus meiner Vorstellung, die Zeitung auch und die Jeans, zuletzt das Loch.

39 Jahre alt geworden; mit F. am Wannsee und auf der Pfaueninsel spazieren gegangen und an Kleist gedacht; die Füße im Laub vergraben, den Kopf in die Sonne gehalten, so fühlten wir uns und waren auch tatsächlich schön.

Robert Rauschenberg wurde ebenfalls an einem 22.10. geboren.

Wenn das Leben nur dies sein könnte: down sein in Mississippi.

Lou Reed stirbt am 27.10.2013; *»shaved her legs and then he was a she, she said, hey babe, take a walk on the wild side, doo doo doo doo doo doo doo doo doo doo«*.

Glaube niemals einem Hinkenden.

Ich komm nicht mehr ins Schwitzen, weil wir beide nicht mehr nebeneinander auf dem Teppichboden sitzen.

»I don't give interviews, period.« Pharoah Sanders kurz nach dem Soundcheck im Garten des Berliner Festspielhauses, einen Joint zwischen den Lippen, den er nicht allein rauchen muss. Der schwarze Mann mit weißen, zum Himmel stehenden Haaren, weißem langen Bart. In seiner gefängniszellengroßen Garderobe gibt er F. dann doch ein Interview, draußen hoppelt ein Kaninchen vorbei. Während des Interviews sitzt Sanders auf dem Bett und hält sein Tenorsaxophon wie ein Kind im Arm, wiegt und streichelt es, seine Augen leuchten. Es gehe nicht darum, ob man eine Frau oder ein Mann sei, sagt er, sondern um den Geist in der Musik, der von allen geteilt werde. Kleiner und kleiner wird er auf dem Bettchen, zieht sich langsam zurück und flüstert »no more«. Drei Fragen später schütteln wir seine Hand, lassen uns von ihm segnen und segnen ihn. Die Tür fällt hinter uns zu, und im selben Moment erklingt sein Saxophonspiel, ein Lament, das uns nachklingt, während wir den Gang hinuntergehen.

Wenn ich nur jemanden haben könnte, mit dem ich die Einsamkeit teilen und einfach nur still dasitzen könnte (die stillen Außenseiter, nicht: der Stille da drüben).

Aber als du gemerkt hast, dass es doch nicht die richtige, sondern die falsche Frau war, warum bist du dann wieder zu ihr hingegangen?

Das Feuilleton ist zum Panoramateil verkommen, der Panoramateil zur Klatschseite, die Klatschseite zum Albtraum und der Albtraum zur willkommenen Abwechslung für alle, die es sich leisten können.

Keine Zeitung zu Camus' hundertstem Geburtstag gelesen, nicht mal viel an ihn gedacht, mir auch nicht das Maul über ihn zerrissen. Ich habe in den Himmel gesehen und mich gewundert, warum die Wolken nicht aufgerissen sind.

Um 16 Uhr 3 gibt Viswanathan Anand seinen König in aussichtsloser Stellung auf. Der Weltmeister ist in der fünften Partie von seinem Herausforderer Magnus Carlsen besiegt. Hände schütteln, kurzer Austausch einiger Worte, um 16 Uhr 4 sind beide verschwunden, kein Applaus, kein Jubel, keine Blumen oder faulen Äpfel, die auf die Bühne geworfen werden. Pressekonferenz um 16 Uhr 5.

Wenn so ein Unmensch in schwarzen Turnschuhen (mit goldenen Streifen drauf) sagt »Brücken bauen«, ihn anschreien: »Reiß dich selber ab!«

Gedanke an D.: die Provinz wäre uns vielleicht besser bekommen, ein abgelegenes Fleckchen, in der Nähe der Insel, auf der Assisis Hase lebt. Nein, wir wären nicht zu dem geworden, was wir heute sind. Die Luft wäre gesünder für unsere Lungen gewesen und wir hätten stärkere Körper. Aber wir hätten uns sicher irgendwann totgeschlagen (ob man sich nun totschlägt oder langsam auseinandergeht).

In Kreuzberg sind zwischen der Ohlauer Straße und der Reichenberger Straße zwei Innenhöfe zusammengelegt worden. Gegenüber einem Supermarkt sieht man die Brandschutzmauer eines Hauses, die als einzige Wand in der Umgebung verputzt und weiß gestrichen ist, ohne ein einziges Graffiti.

Äh! Tfu!
(Am 9.12.2013 ist der Übersetzer Peter Urban gestorben.)

»Der Winter kann auch im Hochsommer einbrechen und dieser Winter ist dann der Tod! (…) Gott schütze jeden vor Sturm und Wind – und vor diesen Mördern, die hier in der Großstadt sind.«

(Bruno Schleinstein; Bruno S.: 1932 als Sohn einer Prostituierten in Berlin geboren; überlebte Experimente, die die Nazis an ihm als Kind vornahmen; später Fabrikarbeiter, Schauspieler, Straßenmusiker und Maler; Werner Herzog besetzte Bruno S. in seinen Filmen »Jeder für sich und Gott gegen alle« und »Stroszek« und nannte ihn den unbekanntesten Soldaten des deutschen Films; Bruno S. starb 2010 in Berlin.)

Als wäre das Ohr nicht der Stille wegen, die Zunge nicht des Schweigens wegen gemacht.

Lieber JVR, wenn ich jetzt hier schreibe, dass ich deine Gedichte liebe, kannst du dann noch über dieses Buch etwas schreiben? Und, wir schreiben nicht für eine Handvoll, sondern für diejenigen, denen man die Hände auf den Rücken gebunden oder abgehackt hat.

Diese fragmentarischen Aufzeichnungen sind spontane Collagen des Lebens; sie sind gleichzeitig Chronik und gegenwärtiges Erleben; ich schreibe, wenn das Leben auf mich zukommt, was mir ein- und auffällt; nicht jeder Satz ist wichtig, sondern die Gesamtheit aller Einträge und ihr Zusammenspiel; die Arbeit später dann ist wie die des Filmemachers am Schneidetisch: Ich schneide etwas heraus, füge es an anderer Stelle hinzu.

Ich bin nirgendwo gewesen. Ich habe nichts gesehen. Ich kann nichts erzählen und schon gar nicht von dem Mann singen, der niemals seine Heimat verlassen wollte. Ich bin hier nicht glücklich, lebe ausschließlich unter Menschen, die ich nicht kenne und denen ich unbekannt bin. Ich spreche nicht ihre und sie nicht meine Sprache. Alles, was ich besitze, ist dieser Stift und dieses Notizbuch. Beide helfen mir mit gestern, jetzt und morgen.

All diese Gebete hier, sie werden nicht erhört.

Die Portraits, die die Menschen von hinten zeigen. Wie sehen ihre Gesichter aus, wenn man in Gedanken an ihnen vorbeigeht? Haben sie die allerschönsten Gesichter, allesamt unbekannt, oder tut sich dort, wo ihr Gesicht sein sollte, ein maskenhaftes Loch auf?

Gerade im Autoradio gehört: »Ist das schon Rom / Oder ist das noch St. Pauli!« (Ist das was Neues oder sind das noch die Zitronen?)

Draußen wird seit Tagen geschossen, aber wenn ich runter gehe, liegen nirgendwo Leichen. Gleich beginnt der letzte Tag des Jahres. Januar und Februar Satz für Satz weiterschreiben am Roman.

In Italien trägt man rote Unterwäsche an Silvester. Die bringt Glück.

Gerade erschien mir jeder und alles unendlich beschreibungsunwürdig, lieblos und dumm; der Berliner Dialekt, der Singsang einer Stimme, das Quieken eines Kindes, ein kleines Mädchen und ihre Mutter, die beide ganz in Rosa gekleidet waren.

Mit dem havarierten Egon Ammann Bier getrunken.

Plötzlich ging die Sonne auf, und alle Brandmauern der Stadt standen in Flammen.

So etwas bekommt man heutzutage nicht mehr in der Stadt zu sehen: ein totes Pferd im Rinnstein, und das warme Blut läuft aus dem Kopf in den Gulli.

Auf der Kantstraße schoss ein Staubkomet aus einem Hauseingang. Auf der Kantstraße kam ein eingestaubter Mann aus einem Hauseingang; er war gänzlich weiß in Schuttstaub eingehüllt und hielt einen Industriestaubsauger in der Hand.

Amiri Baraka (LeRoi Jones) ist im Rhythmus der Blues gestorben.
9.1.2014

Jan A. Ahlers ist gestorben, schon am 31.12.2013 (ohne ihn wird's böse enden).

Das Heilige im Diesseits: der Mann, der vor dem Mörder kniet (vor dem Dämon) und ihn akzeptiert.

Ich wurde in den Schmutz unter den Fingernägeln eines sterbenden Großmütterchens hineingeboren. Sogleich nach ihrem Tod wurde sie zum Waldrand getragen, wo man ein Loch für sie grub und sie hineinwarf, eins, zwei und drei. Nein, man kann nicht sagen, ich hätte mir den Ort meiner Geburt selber ausgesucht (und auch nicht den meines frühen Todes).

»Die Schönheit eines Mannes darf nur unwesentlich die eines Affen übertreffen«, sagte M.s marokkanische Großmutter, die sich selbst keinen Affen, aber einen Bogart hielt.

Gib den Schreienden von Kreuzberg einen Schubser in den Landwehrkanal, damit sie auch wirklich etwas zu schreien haben, wenn sie sich die Fingernägel an der Kanalmauer blutig kratzen, bevor sie dann ersaufen.

Verwandle den scheußlichen Ort, an dem dir nur zum Speien zumute ist, durch Sprache und Poesie in einen Ort, an dem dann ein Wunder geschehen ist.

Ich höre gerne jemandem zu, der am Ende von etwas angekommen ist und etwas vor sich hin stammelt, das wir beide am nächsten Tag nicht mehr erinnern (das aber in dem Moment, da er es gesagt hat, die Welt bedeutete).

Ein Eichhörnchen knackt eine Eichel und schmatzt sie genüsslich und langsam unter einem Werbeplakat weg. Kurz gesellt sich ein zweites hinzu, verzieht sich aber sofort wieder in die Hasenheide.

Philip Seymour Hoffman ist gestorben (*The Mattress Man*). 2.2.2014

Wie ein Unsichtbarer gehe ich durch die Straßen; all die Pfeifenheinis, die ihre Köpfe gesenkt oder zum Himmel gerichtet haben; gibt es denn niemanden für mich, oder kann ich nicht wenigstens ich jemand für irgendwen sein?

Drei Schulkinder reißen Pflastersteine aus dem Boden, und zwanzig Meter weiter stehen drei rauchende Lehrer und schreien die Kinder unverständlich an. Die Kinder beziehen es gar nicht auf sich und machen einfach weiter, die tennisballgroßen, quadratischen Steine aus dem Boden zu krallen und damit um sich zu werfen. Sie werfen ohne Ziel, vielleicht denken sie sich aber auch, irgendwas werden sie schon treffen. Als ich eine halbe Stunde später wieder an der Stelle vorbeikomme, sind Erwachsene und Kinder fort. Eine alte Frau sammelt die Steine in einen weißen Plastikeimer und verschwindet damit gegenüber der Schule in einem Hauseingang.

Spring in den Dreck, schlag rein und mach dich schmutzig, bis du alles verstehst über den Dreck, bis er eine zweite, dritte, vierte Haut geworden ist, bis du selbst Dreck geworden bist.

Du hast dich geirrt, und die anderen irren sich auch, wenn sie sich einbilden, ein Mann müsse erst an einer unheilbaren Krankheit leiden, um sich umzubringen.

Wenn das Leben nur dies sein könnte: eins ergibt das andere und lässt etwas entstehen, das unverwechselbar ist.

Nachdem ich zehn große Biere getrunken hatte, stürzte ich mich, wie Kurt Cobain damals in Dave Grohls Schlagzeug, in ein paar zusammenstehende Fahrräder und schraubte ihnen dann die Klingeln ab. Als ich diese in einem Café nicht verkauft bekam, machte ich damit Diskusweitwurf im angrenzenden Park.

Die Angewohnheit, den Stift immer in die Tasche mit dem Loch zu stecken.

Wo sich dralle Mädchen in tief ausgeschnittenen Bauernblusen mit unterernährten Männern in dunklen Anzügen zum Tanze drehen, in einem Roman von Patricia Highsmith, dort, im Sommer, an einem Restaurant, am Meer, sollst du mich finden, wenn ich einmal verloren gehen sollte.

Viel erreichen, darstellen und ausrichten in der Welt, aber doch nur antriebsloser und fetter werden, dass die Nachbarn in der Wohnung darunter die Decke schon mit Balken abstützen müssen.

Es geht immer zugleich aufwärts und abwärts. Aufwärts mit dem Schreiben, abwärts mit allem anderen.

Froh sein, ohne dass die Leichtfertigkeit Überhand gewinnt und einen hinabstößt in den Abgrund.

Ich habe Jesus gesehen. Er sah aus wie ein Trottel mit Micky-Maus-Kopfhörer, und ich verspottete ihn, er solle sich rasieren, sonst bekomme er keinen Nachtisch, aber er reagierte nicht darauf. Ein Stück weiter die Straße runter sah ich ihn noch mal, und ich verspottete ihn aufs Neue, trat ihm auch von hinten in die Beine, dass er hinfiel. Aber er stand einfach auf und ging weiter. Ich bin mir jetzt sicher, dass es Jesus war.

Alain Resnais ist gestorben, am 1.3.2014 (ich fliege nach Hiroshima, um mit Marguerite Duras ein Glas Wein zu trinken, und als sie mich versetzt, verbringe ich einen ganzen Tag und eine Nacht in einem Baum).

Sei mutig und spring aus deinem Sarg heraus, Toter, dann gehört die Welt dir ganz allein (wenn du nicht vergisst, dir Stiefel anzuziehen).

»Der Kapielski ist ein feiner Mensch«, sprach Kapielski über sich selbst, »ein wirklich feiner Mensch«, und er steigerte sich in seine Aussage hinein, bis sie ein wirklich feines Maß an Grobheit erreicht hatte.

Der Alte auf der Bank, sein zitternder Hund davor, und nie grüßt der Alte, wenn man vorbeigeht.

An einem Ladengeschäft hing ein Schild mit der Aufschrift »Die Wiege des guten Geschmacks« im Fenster. In der Straße roch es nach Hundescheiße, und ich spuckte gegen die Scheibe. Ein Kind zeigte stolz sein Stofftier vom Balkon im ersten Stock hinunter. Ein herrlicher Frühlingstag (Wohnung in der Böckhstraße 1 gekündigt).

Die in Hundertschaften zurückkehrenden Gänse am blauen Himmel und wir auf der Wiese, nebeneinanderliegend, auf derselben Wiese, auf der die Nazis Exekutionen durchgeführt haben (wie uns später jemand erzählt).

»Wir halten das Wort üblicherweise für den Schatten der Wirklichkeit, für ihr Abbild. Richtiger wäre die umgekehrte Behauptung: Die Wirklichkeit ist der Schatten des Wortes.« (Bruno Schulz »Die Zimtläden«)

27. Notizbuch

In Japan ist es Brauch, in einem gefährlichen Augenblick oder unmittelbar vor dem Tod ein Gedicht zu verfassen.

Gestern früh um 8 Uhr 30 ist die Umzugstruppe gekommen und hat den ganzen Kram aus meiner Wohnung geschleppt. Heute noch durchsaugen und Schlüssel abgeben, zuziehen und wieder mit dem Leben davongekommen sein.

Nicht reif sein für die Vollkommenheit und sich mit jedem Tag schneller von ihr entfernen; dem Tod zitternd gegenüberstehend.

Die Pferde stehen wie eingefroren auf der Weide, manche haben den Kopf wie zum Fressen gesenkt, andere tragen ihn stolz in die Höhe gestreckt (aus dem Zug schauend, war die Landschaft ein starres Bild).

Die Stille ist Gottes Stimme und aus der Welt gewichen.

Aus den Augenwinkeln habe ich dich gesehen, ohne zu wissen, dass du das bist, und als ich meinen Kopf zu dir hingedreht habe, war's schon um mich geschehen.
(J.B., 14.5.2014)

Bevor wir betteln
gehen wir klau'n!!
(Graffito am Celler Hauptbahnhof)

Jean-Pierre Léaud ist heute nicht gestorben, er ist 70 geworden (möge er leben, solange er will).

Ich vermisse das Gefühl von Freundschaft, nicht Personen aus der Vergangenheit, aber das Gefühl zu ihnen und was von ihnen ausging (auch: mitten in der Nacht einen Freund anrufen, er geht auch ans Telefon und wenn es nötig ist, und in solchen Fällen ist es immer nötig, trifft man sich auch noch am Bahnhof oder in einer Dive Bar).

Lasst uns essen und trinken, denn morgen sind wir tot.

Eine Frau trägt ihren Hund im Ausschnitt ihres Hemdchens spazieren und stößt dann zu einer Gruppe Frauen, die alle aussehen wie Hasenmännchen.

Nachdem er eine japanische Frau verführt hatte, hörte er dreißig Mal nacheinander Schumanns Cellokonzert in a-Moll (Opus 129).

So langsam finden die Dinge in der neuen Wohnung ihren Platz; als hätten sie ihn sich selber ausgesucht; als hätten sie ihn selbst gefunden.

Eine Art, sein Geld zu verdienen: nach Amerika fahren und Straßenschilder einsammeln und sie zum Trödler bringen (vom Schildersammler zum Millionär).

It's drop-dead hot, the waitress is drop-dead pretty. Ich bestelle bei ihr einen Eisbergsalat mit Gletscherdressing, Schneehuhn und Frostkartoffeln. Sie bringt mir stattdessen einen kleinen gemischten Salat (Eisberg) und ein Mineralwasser mit Eiswürfeln.

In der Drakestraße ist das ehemalige Hurenhaus zu einem Kindergarten umgebaut worden (Fünf-Sterne-Hurenhaus, Fünf-Sterne-Kindergarten).

Ich wusste, ich musste einfach nur »Schon gut« sagen, sonst nichts. Aber ich sagte »Leck mich«, und damit fängt nie etwas Gutes an.

Ich bestellte ein Falafelsandwich ohne Gurken, ein kleines Bier und gleich die Rechnung und bekam: Falafelsandwich mit extra Gurke, großes Bier und auf der Rechnung standen zwei Sandwiches.

»Sie haben ein sicheres Gespür für das, was Sie weiterbringt.« (Glückskeks)

Der volle Mond schiebt sich Stück für Stück auf das Dach zu und wird bald hinter dem Haus verschwinden. Hinter dem Haus, das den schlimmsten Verkehrslärm von der Straße abhält. Der volle Mond, der Mann im Mond, der mit mir auf dem Balkon im Hinterhaus sitzt, einem mit Wein bewachsenen Gartenhaus am Stadtrand, das heißt weniger flanierende Menschen auf den Straßen, aber dafür mehr Verkehr. Das große Gewitter ist ausgeblieben, trotzdem ist der Abend kälter als ich dachte, auch, weil für morgen ein heißer Tag angekündigt ist. Vor seinem Gesicht wird es diesig, ein leuchtender Hof umgibt ihn, und ein erster Wolkenstrang ist zäh und widersetzt sich seiner Strahlkraft; er macht den Mann dort oben zuerst blind, dann stumm und lässt ihn schließlich ganz verschwinden; über den Wolken ist's wohl, als brenne der Himmel; die Wolken reißen auf und der Mann ist wieder da; er strahlt ein letztes Mal und verschwindet dann hinter einem dicken Vorhang. Ja, er ist gewesen und wird auch dann noch sein, wenn meine Zeit und Worte vergangen sind (und mein Schlaf).

Während des Fußballspiels nahezu verwaiste Straßen; die Menschen sitzen vor den Radios, als würde der König eine Ansprache halten oder ein Krieg erklärt. Auf dem Rosenplatz spielt ein Vater Fußball mit seiner kleinen Tochter; er spricht mit heller, flacher und kratzender Großmütterchenstimme; nach ein paar Minuten verliert das Mädchen die Lust und versteckt sich hinter einem Eichenbaum; eine Frau fotografiert die Rosen; »schneide die Rosen, sie beginnen zu denken« (Lutz Seiler).

Sitze gegenüber vom Ellington Hotel und schaue ab und zu unauffällig wie ein Privatschnüffler oder Auftragskiller hinüber.

Traum: Eine Wendeltreppe führt im Hotel hinauf zum Zimmer, doch dann stehe ich in einem leeren Raum und die Diele knarrt. Zwischen Wand und Fußboden befindet sich ein breiter Spalt, aus dem ein unheimliches Scharren und Kratzen zu vernehmen ist. Ein Stockwerk darüber dasselbe Zimmer, eine Gestalt in weißem Kleidchen schiebt sich aus dem Spalt hervor und steht dann im Raum – ein abgemagertes, schmutziges, blondes Mädchen. Ich frage mich, ob es noch lebt. Es kriecht zurück in den Spalt. Als ich nachsehe, liegt es dort und sieht mich an. Es öffnet den Mund. Ich erwache.

Warum träume ich nicht von Napoleon, Victoria's Secret oder davon, gegen Michael Jordan zu spielen?

Ich seh dich noch mal an, wie du dastehst und den Topf abtrocknest; ich weiß, morgen siehst du mich vielleicht nicht mehr an.

Einen einzigen Satz über das Nichts schreiben und dann mit allem weitermachen, so, als gäbe es nur das Leben.

Ich könnte ebenso gut jetzt ganz woanders sein, in einem anderen Land, dessen Sprache ich nicht spreche, dessen Straßen ich nicht kenne oder dessen Gebräuche ich erst lernen muss. Und fühlte ich mich dort mehr wie ein Mensch?

Ein Fest fürs Leben ist dieses Leben nicht. Oft gehe ich einfach allein durch die Gegend und weiß auch nicht warum. Aber da ist der Wind jetzt und die Nachklänge der Musik von Eric Dolphy.

»Walk in the courtyard as if alone (…) not seeing the rest of them (…) now my turn for thin ice and tigers«
(Ezra Pound)

Wenn das Leben nur dies sein könnte: eine neue Unschuld ohne schwarz verbrannte Kruste.

Wenn das Leben nur dies sein könnte: Bukowski lesen in der Badewanne an einem kalten, regnerischen Tag und Joints rauchen.

Welches Buch (welcher Autor) bringt mich durch den nächsten Winter?

Sitze im Rickenbacker's, in dem vor 50 Jahren Eric Dolphy sein letztes Konzert gespielt hat. Er ist auf der Bühne zusammengebrochen und später im Krankenhaus an einem nicht erkannten Diabetes gestorben. Wenn ich Glück habe, sterbe ich heute Abend auch. *So long, Eric. Don't stay over there too long.*
29.6.2014

In der Poitierser Rue Arthur Ranc Nr. 10 hat die Familie Foucault auf 417 Quadratmetern mit drei Kindern (unter ihnen Michel) und Hausangestellten gewohnt.

Das Eichhörnchen ist an der Hauswand hoch, hat kurz auf dem Fenstersims haltgemacht und zu mir in die Küche reingeschaut, dann weiter auf den Balkon und von dort, alle viere von sich gestreckt, in die Zypresse gesprungen, wo es sicher auf einem Ast gelandet und hinunter in den Garten geklettert ist.

»Wer spricht von Siegen? Überstehn ist alles.« (Rilke) Ja, halte aus, lebe das Leben zu Ende. Das ist vielleicht mehr Leistung als jedes vollbrachte Werk.

»Hemingway nahm sein Lieblingsgewehr, eine mit Silber eingelegte, speziell für ihn angefertigte Jagdflinte, aus dem Ständer, steckte sich die Läufe in den Mund und drückte beide Abzüge ab. Die Explosion riss ihm den Kopf fast vollständig ab.«
(Hans Jürgen Baden »Literatur und Selbstmord«)

Während ich lese »Der eine flieht in den Selbstmord, der andere in den Wahnsinn« (bezugnehmend auf Pavese und Nietzsche, der eine scheiterte an den Frauen, der andere an Gott), betritt ein Mann in grasgrünen Caprihosen das U-Bahn-Abteil; dazu trägt er ein passendes grasgrünes Poloshirt, Yin-Yang-Ohrringe und drei Meter lange Koteletten; die Jeansjacke hat er über die Schulter geworfen.

Der Blick in den Himmel ist ein tröstendes, ein mystisches Ereignis. Alles, was sich darunter abspielt, ist kaum zu ertragen.

Der anhaltende Regen und das Sich-Verpassen. Ablauf von Ereignissen, bei dem sich Mann und Frau immer wieder um Momente und Zentimeter verpassen, durch unglückliche Wendungen, die Schuld anderer oder auch bloß, weil das Schicksal es so will.

Der Hund kommt über den Platz gelaufen und guckt neugierig über den Rand des Brunnens. Dann gibt sein Herrchen den Befehl, und der Hund springt in den Brunnen hinein. Heraus schafft es der Hund aber nicht allein, und nachdem sein Herrchen ihn wieder herausgehoben hat, gibt Herrchen Hundi Leckerli.

Charlie Hayden, Tommy Ramone und Gert Voss: alle sind für immer und ewig tot.
14.7.2014

Das Hummelchen, das wieder und wieder außen gegen die Fensterscheibe fliegt, innen ein bunter Blumenstrauß auf der Fensterbank.

Habe sieben Tage im Stehen geschrieben. Mit dem Rücken wird's immer schlimmer. Heute eine kurze Pause eingelegt, um Mineralwasser und Zitronen zu kaufen. Seltsame Welt da draußen. Seltsame Welt auch in dem Buch, an dem ich arbeite.

Empfehlung für alle, die Erlebnisarchitektur mit unschlagbarem Ausblick suchen: schlagt euer Zelt nachts auf den Gleisen auf und beobachtet das göttliche Licht, das schnell näherkommt.

Wenn ich mich zu dem mache, was ich zu sein glaube, und wenn ich morgen und übermorgen wieder eine andere, eine neue Identität wähle, habe ich immer noch keine wirkliche, keine eigene Identität erlangt (solange jemand noch davon ausgeht, es gäbe überhaupt so etwas wie eine eigene Identität).

Wenn das Leben nur dies sein könnte: mehr Stimme, mehr Herz.

Auf der falschen Seite der vierspurigen Straße gibt es keine Stille, kein Ende und nur das gierige Maul einer gelangweilten, kinderlosen Ehefrau.

Warum fährt niemand mit dem Auto vorbei und erschießt mich?

Der Friedhof in der Stadt grünt im Regen wie das Paradies.

Wie selbstverständlich alles von mir abprallt, abblättert, an mir abgleitet und abfließt – so, als wäre ich nicht mehr oder eben ganz da.

An mein Notizbuch: saug dich voll mit Tinte (oder mit Blut).

Die Ameisen krabbeln über meine Schuhe und an meiner Hose hinauf, als wäre ich schon einer, den sie abtransportieren könnten.

Alles hätte ich sein können, sogar etwas, das bis zwei zählen kann, aber dann ist bloß etwas aus mir geworden, das gar nichts ist.

Der systematische Austausch der Gaslaternen gegen Elektrolampen mit ihrem kalten, unnatürlichen Flutlicht, das alles zum Abschuss freigibt (Schande der Stadt, des Landes, der ganzen Welt).

Robin Williams ist gestorben. *O Captain! My Captain!*
11.8.2014

Kommt eine hässliche Frau in den Bioladen und sagt zur Verkäuferin, ebenfalls hässlich:
»Na, hübsche Frau.«
Daraufhin die Verkäuferin:
»Na, selber hübsche Frau.«

Lauren Bacall ist gestorben, 57 Jahre nach Humphrey Bogarts Tod.
12.8.2014

Er fuhr so lange, bis sein Fuß langsam vom Gaspedal rutschte und der Wagen irgendwann am Rand der Straße stehenblieb.

Unter Weiden und Eichen tummelt sich auf der südwestlichen Seite des Parks die Thai- und Vietnamesengemeinschaft. Frauen haben Kühltaschen, Gaskocher und Herdplatten mitgebracht. Sie sitzen auf Decken oder Plastikhockern an Plastiktischen und bereiten Gerichte mit Hühnchen, Tofu, Reis und

Gemüse zu. Dazu gibt es eisgekühltes Bier, Fruchtsäfte und Softdrinks. Eine Gruppe alter Türken spielt Karten, daneben liegt ein dicker Mann auf einer Decke und lässt sich massieren. Ich schaue von Körper zu Körper, Gesicht zu Gesicht, von Teller zu Teller und bekomme Durst auf ein Bier. Ein Regenschauer, die Menschen verziehen sich unter ihre Sonnenschirme oder rücken etwas dichter an die Bäume heran. Schon bald breitet sich die zusammengezogene Menge wieder auf dem Rasen aus. Duftschwaden von Gebratenem und Zigarettentabak ziehen durch die Luft, und jetzt bekomme ich Hunger, trinke aber lieber noch ein Bier, das ich bei einer Oma mit Zahnlücke kaufe (ob sie jemals jung und glatt war oder ob sie schon von Geburt an dieses Alter gehabt hat?). Ihre alten Freundinnen, die neben ihr sitzen, gackern und lachen und zeigen auf mich, und ich zeige zurück und lache. Der Park ist umsäumt von Bänken, im Gebüsch scheißt ein Mann, und ein paar Meter weiter unterrichtet ein Russe seine Tochter im Trockentennis. Wieder Regen. Dieses Mal stärker und länger. Die Menschen verdichten sich zu Inseln unter den Schirmen und Bäumen, und die russischen Kommandos verstummen auch im Regen nicht. Irgendetwas hat mich in den Finger gestochen.

Ni-hi-lis-mus, Ni-hi-lis-mus, Ni-hi-lis-mus – du bist der beste Mann!
(Schlachtruf für besoffene Philosophen)

Im Vorbeigehen aufgeschnappt: »Ich muss sparen auf meine Diät!«

Zu allem, was er sonst hasste, hatte er heute »Ich liebe dich« gesagt: zur verbrauchten Luft und der U-Bahn, die nach Essen, Schweiß und diesem dicken, deutschen Muff riecht, zum Zigeuner mit der Quetschkommode und zur Wespe, die versuchte, unter seine Jacke zu krabbeln. Er ging durch die Welt, als wäre es sein letzter Tag, als wäre es auch der letzte Tag aller Menschen.

Krieg in der Ukraine. Im Magazin »Stern« ist ein Foto von einem Auto zu sehen. An der Heckscheibe ist ein Zettel befestigt. Darauf steht in kyrillischer Schrift »Kinder«.

Aus dem heruntergelassenen Fenster eines weißen Porsches fliegt eine Zigarette mit weißem Filter und bleibt auf der Straße liegen (weitergedacht: drinnen sitzt ein Albinozwerg in weißem Anzug, weißen Lederslippern, weißer Fliege, weißem Zylinder und einer Wasserstoffblonden auf dem Beifahrersitz und hört die Cello Sonata No.1 in E minor, Op. 38, gespielt von Jacqueline du Pré).

Prenzlauer Berg, Oderberger Straße (wie komme ich nur hierher?), irgendein Restaurant, die Frau bestellt für sich und ihren Mann:
»Was darf es sein?«
»Alkohol, viel. Wir kommen gerade vom Elternabend.«

An der Eingangstür des Fahrradgeschäfts hing ein Kneipenzettel. Darauf stand in beinahe gänzlich verblasster Schrift: Bin beim Arzt!

Fuhr mit dem Fahrrad geradewegs ins Gewitter, und als der Himmel alle Schleusen öffnete, rettete ich mich unter das Vordach eines Plattenbaus. Eine kleine, alte Frau streckte ihren geblümten Regenschirm durch die Eingangstür und sagte, sie gehe nur noch bei Regen auf die Straße, am liebsten bei Gewitter. Es blitzte und donnerte, und die Alte tippelte davon.

Blacky und Beißer sind gestorben (das größte Film-Duo aller Zeiten).
11.9.2014

Ich bin derart schüchtern, dass ich nicht mal »Gesundheit« sagen kann, wenn eine schöne Frau neben mir niest.

Drei Trottel standen zur Bürgermeisterwahl, der alte Obertrottel hatte abgedankt, und einer wurde neuer Obertrottel.

Wenn das Leben nur dies sein könnte: ein Geistesblitz, *a flash in the pan, a beautiful bar tendress.*

Die 10.000 Li lange chinesische Mauer abbauen und sie Stein für Stein um Berlin herum wieder aufbauen, 90 Mal.

Da fehlt mir das Beseelende drin, da fehlt mir das Einende drin, da fehlt mir der Mingus drin. Und wo hat's Mingus her, von Ellington. Und wo hat's Ellington her, vom Blues. Und wo hat's der Blues her, vom Teufel. Und wo hat's der Teufel her?

Murmel: murmel, murmel, murmel, murmel, murmel, mur-
mel, murmel, murmel, murmel, murmel, murmel, murmel,
murmel, murmel, murmel, murmel, murmel, murmel, mur-
mel, murmel, murmel, murmel, murmel, murmel, murmel,
murmel, murmel, murmel, murmel, murmel, murmel, mur-
mel, murmel, murmel, murmel, murmel, murmel, murmel,
murmel, murmel, murmel, murmel, murmel, murmel, mur-
mel, murmel, murmel, murmel, murmel, murmel, murmel,
murmel, murmel, murmel, murmel, murmel, murmel, mur-
mel, murmel, murmel, murmel, murmel, murmel, murmel,
murmel, murmel, murmel, murmel, murmel, murmel, mur-
mel, murmel, murmel, murmel, murmel, murmel, murmel,
murmel, murmel, murmel, murmel, murmel, murmel, mur-
mel, murmel, murmel, murmel, murmel, murmel, murmel,
murmel, murmel, murmel, murmel, murmel, murmel, mur-
mel, murmel, murmel, murmel, murmel, murmel, murmel,
murmel
(Bisschen Gemurmel für Dieter Roth)

Wenn du weiter schreibst, stellt sich nicht die Frage nach dem Scheitern an einem Buch, einer Geschichte, einem Gedicht, einer Notiz, wenn du nur weiter schreibst, kannst du nicht scheitern.

Ständig denke ich über Dinge nach und vergesse dabei, dass doch nichts über mich hinaus denkbar ist, ich also *mich* denken muss (was hat alles mich Umgebende mit mir zu tun?).

»An dem geglückten Tag wird es noch einmal Tag werden mitten am Tag. Es wird mir einen Ruck geben, einen zweifachen: über mich hinaus und in mich, ganz, hinein. Zum Schluß des geglückten Tags werde ich die Stirn haben, zu sagen, ich hätte einmal gelebt, wie's sich gehört (...)«.
(Peter Handke »Versuch über den geglückten Tag«)

Am Morgen waren meine beiden Socken, die ich am Vorabend neben meine Schuhe gelegt hatte, verschwunden, und als ich die Zeitung aufschlug, trug sie ein Literaturkritiker als Haarschmuck.

Gar nichts mehr aufschreiben, das wäre das beste Schreiben, tatsächlich kein Schreiben, dem Wert gleich dem ansonsten Aufgeschriebenen.

Eine Frau sagt »Auf Wiedersehen«, darauf ein Mann »Tschüss«, darauf eine andere Frau »Tschüss, Tschüss, Tschüss«, darauf derselbe Mann »Schieb ab«, darauf die zweite Frau nichts mehr.

Vom Wind an die Hand genommen und durch die Luft getragen werden; sanft zu Boden gleiten und noch einen Nachmittag daliegen und nach oben zur Sonne schauen und ihre Wärme atmen.

An einer S-Bahn-Trasse durch den Morgennebel gehen, vorbei an Spielzeugaltbauten und Plattenbauten, nirgendwo ein einziges Licht in den Fenstern, die Ladengeschäfte ausnahmslos geschlossen, selbst die Bäckereien, kein einziger Mensch auf der Straße. Ein König ohne Volk, einer ohne viele, ein Mann ohne Frau. Ein Kind geht vorbei, und es ist mehr Mann als der Mann.

Solche, die offensichtlich nach Aufmerksamkeit haschen, missachten und nach denjenigen Ausschau halten, die traurigen Blicks und allein am Geländer einer Brücke lehnen und nach unten sehen.

Die Stadt muss wieder zurückerobert werden von Arbeitern, Knilchen und Tänzerinnen.

Kein Busfahrer, der den Bus auf herbstfeuchter Straße absichtlich durch das Geländer einer Brücke hindurchfährt, um nicht allein sterben zu müssen.

Ein Buch mit Engelsdarstellungen besorgen und jeden einzelnen Engel aus dem Buch schneiden.

Ein großes Gedicht wäre dasjenige ohne Worte, Absicht und Thema, das ich auswendig kann, weil es in mir wirkt, Stunde um Stunde, und mich zu einem Heiligen macht.

Efeublatt um Efeublatt fällt vor meinem Fenster ab, lauter Abschiede; manchmal schrecke ich auf, wenn ich ein Blatt im Augenwinkel fallen sehe. Später finde ich eines der Blätter auf dem Küchenboden, es muss sich durchs gekippte Fenster selbst hereingelassen haben.

Gang um den Fichtenberg: Vor Kafkas ehemaligem Wohnhaus in der Grunewaldstraße steht eine Parkuhr, am Gartenzaun sind drei Werbeschilder für einen Zirkus angebracht. Schritt für Schritt im Rhythmus einer anfahrenden Lokomotive (Thelonious Monk), vorbei am China-Restaurant, das lebensgefährlich aussieht. Schon seit ich aus dem Haus bin das Gefühl, mir würde jemand oder etwas über die Schulter schauen. Es beginnt zu regnen, ich ziehe meine Kapuze über den Kopf und schleiche durch die Nachbarschaft des Botanischen Gartens wie ein Dieb oder ein Mörder. Im Blumenviertel denke ich an einen jüdischen Kaufmann, der eines Morgens vor seinem Geschäft stand und plötzlich gehörte es ihm nicht mehr (später wurde er im Konzentrationslager ermordet; er hatte den letzten Moment zur Flucht verpasst). Auf der S-Bahn-Brücke warte ich auf den ersten gelbroten Wurm, auf den zweiten, gehe dann an einer Wohnung vorbei, in der eine Familie gegründet werden sollte (die Wohnung steht immer noch leer).

Das Leben und der Tod befinden sich immer innerhalb desselben Kreises.

28. Notizbuch

Erinnere dich! (An was? Alles!)

Zwölf Stunden nach dem Aufstehen ist die Idee für eine Geschichte, die ich im Traum hatte, verschwunden, hat sich in den Schatten zurückgezogen und von dort ins Dunkle des Traums. Bleib nun dort, bleib ein Geheimnis, so lange, bis dich ein anderer ins Licht führt.

Ihr Blick verriet ihr großes Herz für diejenigen, die sie liebte. Und der Pelzkragen ihrer Weste verriet ihre Einsamkeit.

Vor zwei Tagen mein 40. Geburtstag, ein unscheinbarer Tag mit dicken Wolken, Regen und ein, zwei Momenten, in denen der Himmel aufriss und die Sonne durchbrach.

Der letzte große Auftritt eines Herbstblattes, mit dem ich mir die Zeit an einer Bushaltestelle vertreibe. Irgendwann bleibt es auf dem Asphalt liegen und verbeugt sich. Ich applaudiere ihm still.

Geh raus, wirf dich in eine Ecke und bleib liegen, ein Haufen zusammengefallener Trauer.

Wir waren Helden, nicht mal Mitläufer, Versager waren wir, und selbst das nicht richtig. Wie eine kleine Giraffe ohne Hals.

Nur ein einzelner Schuh auf der Matte vor der Haustür. Das kann alles bedeuten, Gutes oder Böses. Hier beginnt eine Geschichte für mich oder einen, der etwas daraus macht.

Der Improvisation Raum und Zeit geben, sie nicht von vornherein beengen, einschränken, an die Leine nehmen, in ein Gerüst sperren oder Stacheldraht um sie herum ziehen; erst einmal ganz offen, weit und frei sein und ein Umfeld suchen und finden, in das sie passt und darin spielen, an den Wänden entlang, wenn da Wände sind, am Boden entlang, wenn da ein Boden ist, die Decke auch bis hin zu einer Tür, die in einen anderen Raum führt und so fort.

Aber wie mit der täglichen Unsicherheit umgehen? Sie zulassen, mich ihr stellen, wieder und wieder, und dann durch sie hindurch schreiben und sie damit bewältigen. Nur so.

Seit einem Jahr keine Übertragungen aus den Notizbüchern ins Manuskript gemacht. Wer bin ich, was bin ich?

Eröffnung des Jazzfestes durch Elliott Sharp und seine Band Terraplane. Live sprang der Funke nicht über, zu lose schienen die Verbindungen zwischen Blues, Reden von Martin Luther King und Improvisationen. Später im Radio hörte sich der Auftritt dann allerdings perfekt an.

Ich bat Archie Shepp um ein Autogramm für meine Freundin, und er sagte, das sei ungewöhnlich, sonst würden ihn stets jüngere Frauen um Autogramme für ihre Freunde bitten.

Wenn ich mich und mein Gesicht, irgendwo zwischen 1000 Jahre anhaltender Melancholie und einem ironischen Lachen, sähe, ich würde mich sofort in mich verlieben, hoffnungslos, endlos.

Manche Engländer führen sich auf wie holländische Sextouristen. Manche Italiener führen sich auf wie englische Hooligans. Manche Holländer führen sich auf wie italienische, Moment, es sind ja gar keine Holländer da, die kommen erst morgen.

Mit niemandem mehr geschäftlich über Literatur, sondern ausschließlich mit Schreibenden über die Arbeit sprechen, nein, nicht einmal das. Die eigene Arbeit tun und alles andere verweigern und wenn jemand danach fragt oder um ein Gespräch bittet, alles höflich oder im Notfall unter schlimmsten Drohungen abstreiten.

Sitze nachts im Rundfunkstudio am Hörertelefon, und keine Sau ruft an. Dann klingelt das Telefon doch noch. »ARD-Jazznacht, guten Morgen!« Stille am anderen Ende der Leitung. Dann zum nächsten Lied: Archie Shepp »The stars are in your eyes«.

Verliere keine Zeit, denn du hast keine zu verlieren, du hast keine Zeit mehr, nicht mehr viel, viel mehr, nimmermehr.

Mit Archie Shepp und Jasper van t'Hof in der Gedächtniskirche beginnt und endet der Mensch.

Beginn der Schachweltmeisterschaft; beinahe Vollmond mit kalter, klarer Luft und kalten, klaren Gedanken, die nur mir gehören; Carlsen wird Anand besiegen, poetisch, kalt und klar.

Wenn das Leben nur dies sein könnte: jung, leicht und schön.

Die Weihnachtsbeleuchtung wurde ein paar Nächte zuvor angebracht und hängt seitdem unscheinbar und dunkel an den Fassaden der Einkaufsstraße (was zum Teufel mache ich hier?).

Vor der Schwimmschule ein großer Pulk Kinder, die alle durcheinanderreden und denen ich in all ihren Gedanken folgen möchte. Aber plötzlich merke ich, dass sie alle über gar nichts reden, sondern nur »Aber du – «, »Aber ich – « oder »Hey, wir können doch – « usf. sagen.

Nicht das Sich-vor-anderen-Schämen treibt einen vor den Bus, ins Wasser oder in den Baumarkt (wo man sich einen

Strick kauft), sondern das Sich-vor-sich-selbst-Schämen treibt in den selbst gewählten, ausweglosen Tod.

Nach einem Vortrag zum Thema »Scham« erzählte ein alter Mann, er habe bei der Beerdigung von Rudi Dutschke geweint und sich nicht dafür geschämt.

Man erkennt sich im Spiegel (als Kind) und irgendwann erkennt man sich nicht mehr (als alter Mann). Oder ist es umgekehrt?

Manche Menschen haben das »Zweite Gesicht«. Der Busfahrer hat heute nur die »Dritte Tür« ganz hinten, die sich nicht schließen lässt, weil ständig irgendein Lebenstourist in der Lichtschranke steht.

Es wird eine Zeit geben, in der die fucking Mona Lisa kein besonderes Kunstwerk mehr darstellt, aber diese verdammte Zeit ist noch so weit entfernt.

Und zu Hause fällt mir ein Gedicht in die Hände, das ich 2004 in New York (in Queens) geschrieben habe:
I bet / I would write / the most beautiful poems / living in the East Village. / But this / is Queens.

Der Fotograf Lewis Baltz ist gestorben (ich begegnete ihm einmal in seinem Verlag, als er an einem Buch mit Texten arbeitete).
22.11.2014

Wo ist denn der Bus, der sich traut, wo der Dachziegel, wo ist der unaufmerksame oder gestörte Autofahrer, wo ist der Raubmörder, der sich unbemerkt von hinten anschleicht, wo sind sie alle, wenn man sie am nötigsten hat? Auf dem Trockenen schwimmen und kein Fluss und keine Steine, die man sich in die Taschen stopfen könnte.

Sie waren zu dritt, und einer von ihnen drückte mir den Strafzettel über zehn Schleifen in die Hand, während mir die beiden anderen bedrückte Blicke zuwarfen und weiter froren. »Wenigstens hab ich's gleich warm im Auto und ihr müsst noch ein paar Stunden weiter frieren, ihr Arschgeigen«, sagte ich, und sie nahmen's hin.

Bunny Briggs ist gestorben – *The most superleviathonic, rhythmaturgically syncopated tapsthamaticianisamist,* wie ihn Duke Ellington nannte.
(Am 15.11.2014 schon.)

Humboldts Reisetagebücher in der Staatsbibliothek gesehen, das erste von 1799; die großen Vermächtnisse der Kunst; Einzelhefte zu großen, in Leder gebundenen »Folianten«; die schwarze Tinte braun geworden; wo diese Seiten überall gewesen sind: auf dem Gipfel eines Vulkans, auf dem Amazonas, im Urwald, und heute sind sie hier vor meinen Augen; die Worte bekommen Füße, Flügel, Zungen; Seiten voller geordneter Miniaturschrift, der Versuch, Ordnung in die Welt zu bringen; ergriffen wie beim Ansehen der Gutenberg-Bibel auf Pergament vor ein paar Jahren.

Lust nach Sonne und Luft und unten in der vermufften U-Bahn-Station die Anzeige, die Bahn komme erst in zwölf Tagen.

»You need to learn how to edit your solos. You've got to leave them wanting more. You've got to give them a reason to come back. You don't have to play everything you know on every solo.«
(Billie Holiday zu Curtis Fuller)

Käsebrot, Wurstbrot, Senfbrot, Kunstbrot.

Der Bürgermeister Berlins tritt heute zurück. Er kann froh sein, dass er mit dem Leben davongekommen ist.

Die leuchtend roten und orangefarbenen Vogelbeeren an den blätterlosen, matt schwarzen Ästen gegen einen strahlend blauen Himmel.

Die Summe, die am Ende dabei rauskommt, egal, ob du mehr oder weniger verdient gehabt hättest, ist stets dieselbe: null, nichts, nada.

Die schöne, japanische Lampe ist heute erloschen.

Und gleich am nächsten Sonntagmorgen ein kraftvoll strahlendes, himmlisches und mildes Licht, das in mein Schlafzimmer fällt und mich zurück ins Leben ruft.

Die zwei Hunde aus der Nachbarschaft, die niemand ausstehen konnte und die sich mehr liebten als alles andere auf der Welt, sind verschwunden.

Goodbye Pork Pie Hat.

Komme mir wie eine gescheiterte Version Boris Vians vor, der mir auf Fotos sogar ähnelt (auch mit seiner Trompete). Warum als Wurm weiterleben; warum nicht einfach sterben und so schnell wie möglich vergessen werden, auch innerhalb der eigenen Familie?

Öffne das Fenster und höre hinaus in die Nacht und den Regen; Autos fahren auf der nahegelegenen Straße vorbei; die Wolken sind so tief herabgesunken, dass ich sie hören kann, darüber in einiger Entfernung ein Donnern; bald herrscht Stille und nichts ist so, als hätte sie es nicht gerade mit der Axt gespalten.

Ein vollständig entnadelter, türklinkenhoher Tannenbaum am Straßenrand der Meierottostraße (das kann nur Sigmar Polke gewesen sein, der berüchtigte Baumentlauber und -entnadler) und ein paar Schritte weiter der dicke, wackelnde Hintern einer Rothaarigen, die mit ihrem Hund Gassi geht.

Ende des süßen Lebens. Anita Ekberg stirbt am 11.1.2015 in Rom.

Gestern noch stand er in Mantel und Anzug gekleidet, einen Hut auf dem Kopf, an der Straßenecke und heute liegt er durchnässt im Rinnstein, Arme, Beine und Rückgrat gebrochen und aus den offenstehenden Augen blutend.

Sich wild stampfend, dampfend und ratternd, einer Lokomotive gleich, gegen das eigene Schicksal auflehnen.

Wir sahen die ersten Gänse aus dem Süden zurückkehren und spazierten am Fluss, an Bächen und durch Wälder unserer Jugend. Als sich die Sonne dem Horizont näherte, suchte meine Hand die ihre, und erst da merkte ich, dass es noch nicht die Zeit war, ihre Hand in meine zu nehmen.

Die viel zu großen Grabsteine auf dem ebenso ungewöhnlich großen Friedhof eines kleinen Dorfes.

Wenn ich mich umdrehte und sähe, was hinter mir liegt, ich würde bloß Trümmer sehen und Tod.

Diese Tage, an denen ich mit dem Zug in diese Stadt einfahre und alles ganz friedlich ist, weit und groß, an denen alles möglich ist, vor allem ich selbst. Vom S-Bahnhof Wannsee aus krieche ich im gelbroten Wurm zum Botanischen Garten, wo ich mich in den Japanischen Pavillon setze und den Mond anheule.

Unser Telefonat endete abrupt, abgebrochen, aber süß wie ein Stück Schokolade zur Nacht.

Auf dem S-Bahnsteig am Rathaus Steglitz spielt ein Klarinettist ohne Handschuhe in eisiger Kälte. Niemand, auf den ich einst gewartet habe, kommt die Stufen hinaufgestiegen, dick in einen Wollmantel gepackt und mit einem Lächeln nur für mich.

Je mehr ich versuche, J. nicht zu vermissen, desto mehr vermisse ich sie. »*We are not two, we are one*« (The Kinks).

In der Nacht mit dem Gefühl aufgewacht, die Evolution meine es nicht gut mit mir. Rauschen und Pfeifen im Kopf, Fremdheit in den Fingern und Füßen, als gehörten sie nicht zu mir seltsamem Wesen (und deshalb schreibe ich jetzt gleich alles auf, bevor ich als etwas anderes erwache).

Jemandem zulächeln und wenn er das Lächeln nicht erwidert, ihm eine kleine Taschenaxt von hinten zwischen die Schulterblätter werfen.

Ein Mädchen vom Land macht mich auf die Musik von Bob Dylan aufmerksam; beide sollen für immer mit mir sein.

Hundebesitzerunterhaltungen am Kanal, Freundinnenschnack im Café, und dann sagt ein Freund, wenn er in seinem Leben kein großartiges Buch mehr schreiben werde, habe er wenigstens doch eine Menge guter Bücher gelesen, das reiche ihm auch.

Undatiertes Foto in einem Buch: in Reih und Glied aufgestellt, uniformiert, frisiert, machen blinde Kinder in Berlin-Steglitz den Hitlergruß.

Die Leute, die von draußen in ein Café kommen und noch angepasst an die Lautstärke der Straße sprechen, die dann mit ihrer Garderobe die letzten lauten Reste aufhängen und erst im sich-Setzen die Stimmung des Raums wahrnehmen und sich sofort einzufügen wissen.

Zwei Dinge, bevor ich fünfzig werde: mich tätowieren lassen, mich umbringen.

Was aus mir werden soll? Der Gedanke eines anderen.

Nach dem Mittagessen (Kohlrabisuppe) zwei Stunden geheult. Die Süddeutsche gekauft und nach dem Abendbrot (Knäckebrot, Landjäger, Knäckebrot) noch eine halbe Stunde geheult.

Wenn das Leben nur dies sein könnte: ein wahrhaftiges Wort im rechten Augenblick, ein Lächeln, das erwidert wird und dann das Auseinandergehen in gegenseitiger Einigkeit.

Der beginnende Tag, der aufgehende Morgen; seinem Rhythmus folgend, kannst auch du beginnen und aufgehen, kannst auch du anfangen; geh ihm entgegen und dann mit ihm (mit Dylan, mit J.).

Ich schrieb eine Postkarte an einen Freund, auf die Vorderseite klebte ich ein Bild von Kenzaburō Ōe, das ich aus der Zeitung ausgeschnitten hatte. Ich schrieb meinem Freund, entweder handle es sich um seinen Zwillingsbruder, so verblüffend die Ähnlichkeit, oder es liege daran, dass wir uns viel zu lange nicht mehr gesehen haben.

Wie oft ist ein Dompteur schon vom Löwen totgebissen, wie oft ein Zirkusdarsteller vom Messerwerfer getötet worden?

Bei -1° C habe ich es nicht einmal fünf Kilometer zu Fuß bis zur Stadtgrenze geschafft. Dabei hatte ich gedacht, bis nach Moskau gehen zu können (zurück war's dann sogar nur eine Viertelstunde mit dem Bus).

»Gib mir
alles
muss zerstört werden«
(Patrick Wagner)

Die Welt ist noch ganz weich nach der Nacht mit dir. Frieden ist möglich.
11.2.2015

Wenn ich schreibe, du hast einen tollen Hintern, was kann ich dadurch gewinnen oder verlieren, also etwas, das bedeutender wäre als dein Hintern?

Mit der Zahnbürste schrieb ich ein Gedicht, mit dem Stift erschlug ich den Drachen.

Ich mag dich ansehen, wenn du noch schläfst. Ich mag dich ansehen, wenn du die Augen aufschlägst. Ich mag dich ansehen, wenn du dir mein T-Shirt über den Kopf ziehst und nackt durch die Wohnung tanzt. Ich mag dich ansehen, wenn du lachst und wenn du weinst. Ich mag dich ansehen, wenn ich dir sage, dass ich dich liebe und du sagst, du würdest es ablehnen, ausschließlich Analsex zu haben. Ich mag dich ansehen, wenn du mich mit Quark, Birnen und Bananen fütterst, und ich mag dich ansehen, wenn du mich damit vollkleckerst. Ich mag dich ansehen, wenn du abends überrascht bist, dass wir einen ganzen Sonnentag im Bett verbracht haben. Ich mag dich ansehen, wenn du abwäschst. Ich mag dich ansehen, wenn wir über Backsteine und Dostojewski reden. Ich mag dich ansehen, wie du das dritte halbe Glas Rotwein trinkst und dazu eine Zigarette rauchst. Ich möchte dich noch lange ansehen, so lange bis du mir sagst, dass wir ein Kind bekommen (und dann für immer).

Wie soll man morgens ein Gedicht schreiben, ohne Whisky und in einen Frauenfummel gehüllt, den frischen, dampfenden Kaffee vor sich auf dem Tisch stehend, die Liebste hüllenlos durch die Wohnung laufend?

Ich scheiterte beim Japaner an den Yakitori-Spießen.

SZ-Magazin-Gespräch mit Elvis' letzter Verlobten Ginger Alden:
»Elvis war ein Waffennarr. Hatten Sie je Angst vor ihm?«
»Einmal war es wirklich heikel. Ich hatte ihn überredet, statt Hamburgern öfter Joghurt zu essen – aber er wollte immer mehr. Nach dem achten Becher habe ich gesagt: Elvis, es reicht. Da hat er seine 57er-Magnum-Pistole aus der Schublade geholt und in die Wand geschossen.«

Während des Kinofilms hatte ich mir alles zurechtgelegt. Ich würde dich auf dem Fußweg zu deiner Wohnung fragen, ob du meine Frau werden wolltest. Aber schon während des Films hast du so starke Bauchschmerzen gehabt, dass ich dich nicht gefragt habe. Später im Bett hast du mich dann gefragt, ob ich dein Mann sein wolle, und ich habe Ja gesagt. Du hast auch Ja gesagt, als ich gefragt habe, ob du meine Frau sein willst, aber du hast es nicht wie einen Antrag verstanden (da hatten wir uns einander versprochen).

J.:
Mon Amour
Mon Amour
Mon Amour
Mon Amour
Mon Amour
Mon Amour
Mon Amour
Mon Amour

Wenn das Leben nur dies sein könnte: J. steht vorm Spiegel und kämmt ihre Haare, ich sitze daneben und schreibe diese Zeilen, wir sind beide nackt.

Sich so viele Zeitungen wie möglich kaufen und diese so lange wie möglich nicht lesen.

Der Obdachlose, der monoton irgendwelche Bettelformeln vor sich hin stammelt (ihm die Sprache in diesem Stadium verbieten).

Vor der BVG-Ausgabestelle (Rathaus Steglitz), bei der man eine Erlaubnis zum Musizieren auf U-Bahnhöfen bekommt, steht eine Schlange gut gelaunter Menschen. In der Station Kurfürstendamm wirft ein Mann vom Bahnsteig aus einer Frau, die in der Bahn sitzt, Kussmünde zu. Der Zoo ist in dichten Nebel gehüllt. Auf dem Weg mit dem Zug nach Hannover blicke ich zurück in die Vergangenheit und nach vorn, zu J. und uns.

Ich fragte H., ob ich noch einen Tag bei ihm und seiner Mutter bleiben solle, und er sagte: Noch einen Tag, noch viele Tage, bis zum Sommer (und das klang wie eine Ewigkeit, und ich war stolz auf ihn und uns).

In der Bahn setze ich mich ans Fenster, halte den Kopf in die Sonne und fühle mich schön (weil die Sonne mich ansieht und weil J. mich gerade noch angesehen hat).

H. flüsterte J. und mir sein größtes Geheimnis zu, in einer Sprache, die nur er verstand.

Daliegen, ich neben dir und du neben mir; zuhören, wie auch das allerletzte Auto auf der regennassen Landstraße in der Nacht verschwindet; und dann ist da nur noch dein Atem.

Am Celler Hauptbahnhof:
»Der hat n Scheiß gebaut – «
»Jajaja.«
»Aba der kommt nich ins Gefängnis.«
»Jajaja.«
»Trotzdem muss ich heut hin nach n Staatsanwalt und muss das Gutachten geben.«
»Jajaja.«

Die Sonne scheint durchs Zugfenster auf meinen Kopf, und ich denke an die letzte und die kommende Nacht mit J.

»Aber seit ewigen Zeiten heißt es, Regen am Spätnachmittag hört nicht mehr auf. So ist es mit den nach der Lebensmitte angewöhnten Lastern.«
(Nagai Kafū »Romanze östlich des Sumidagawa«)

Wenn das Leben nur dies sein könnte: du in deinem Tokyo-Love-Sweater und meine Hand darunter.

Im Zug. Am Fenster. Den Kopf in der Sonne. Ich weiß, was ich zu tun habe: dich zu lieben.

Wem die Nachtigall singt? Mir! Um 3 Uhr 33 in der Nacht, am Morgen. Sie singt für mich das Lied der Liebe.

Einen kleinen Gummifuchs in meiner Hosentasche gefunden (J. hat ihn mir hineingelegt) und dann in der Zeitung gelesen, dass sich Fritz Raddatz umgebracht hat, irgendwann in den letzten Tagen (es mag vielleicht gestern gewesen sein).

»Eine Currywurst ohne, bitte.«
»Ohne was?«
»Ohne deine dämliche Fresse.«

Wer in Hannover mal Menschen sehen will, die man länger als eine Sekunde anschauen mag, geht einfach immer um zwanzig nach zum Hauptbahnhof auf Gleis 9, wo der ICE um kurz nach halb nach Berlin abfährt.

Gemächliche Fahrt im halbleeren ICE nach Berlin durch die regnerische Montagnacht. Ich kenne den Mann, der neben mir sitzt, aber mir fällt nicht ein, woher. Die Zeit verfliegt, schon fahren wir an der Gedächtniskirche vorbei. Klare, kühle Luft in der Stadt, alles hundertmal größer als in der Provinz, weiter auch und grenzenlos im Denken. Ist es ein Glück, heute hier zu sein, oder ist es ein Unglück?

Ich sehe die Fotos von uns an, die wir im Automaten in der Eberswalder Straße in Prenzlauer Berg gemacht haben. Endlich habe ich dich gefunden!

»Ich mag Honig immer nur so lange, bis ich ihn nicht mehr mag.«
»Das ist doch bei allem so.«

An was ich mich alles erinnere, das in den letzten Wochen zwischen uns war? An alles, vor allem die kleinen Momente, aber nur, wenn du neben oder auf mir sitzt, sonst erinnere ich mich an nichts. Wie langsam und genussvoll ich das Sandwich gegessen habe, das du mir morgens eilig gemacht hast. Wie du mich aus den Augen eines Teenagers angesehen und gesagt hast, ich würde dich aus den Augen eines Teenagers ansehen.

Salat aufessen, Liebe machen!

In einem Celler Café:
»Möchten Sie auch ein Eis zum Kaffee?«
»Nein, danke. Wenn man irgendwann nur noch ein Bein hat, ist das nicht so gut.«

»Und die Dame?«
»Fünf Kugeln gemischt mit Sahne und einen großen Cappuccino, bitte.«

Heute vor 60 Jahren ist Charlie Parker gestorben. Wodka kaufen.
12.3.2015

Ich stand auf dem Balkon und trank Kaffee. Der Krankenhaushubschrauber flog vorüber, und die Elster, die in der Buche vorm Balkon ihr Nest baute, suchte Schutz im Schatten eines Schornsteins, der sich zwischen ihr und dem Hubschrauber befand.

Wieder und wieder bricht das Herz bei dem, der eines besitzt.

»If not for you / Babe, I couldn't find the door / Couldn't even see the floor / I'd be sad and blue / If not for you«
(Bob Dylan)

Die Knospen sehen an diesem ruhigen, sonnigen Abend an den Dammaschwiesen und denken: Ich habe noch viel zu sehen.

Beim Versteckspiel mit H. am Morgen höre ich einen plätschernden Bach im Schrank.

Das gilt bei Kindern wie bei Frauen: Ruhe bewahren, sie sich einfach auch mal ausschreien lassen, das Schauspielern bei gleichzeitiger Anteilnahme nicht vergessen, bloß nicht dagegenreden, aufrecht bleiben, verständnisvoll usf.

Sprung durch die sich schließende Tür in die allerletzte Bahn. Wie lange und wohin ist sie unterwegs? Als würde jemand der Landschaft draußen in jeder Minute einen Tropfen weiße Farbe hinzumischen, verblassen die Farben.

Sogar den Pessoa-Aufkleber hatte der Buchhändler von der Fensterscheibe der Eingangstür abgezogen, einer der letzten Zeugen?, der allerletzte?, dafür, dass in diesem nun leerstehenden Ladengeschäft am Hindenburgdamm einmal Bücher verkauft wurden.

Ich küsse dein Ohr, deinen Hals, dann beiße ich hinein, erst ganz sanft, ins Ohr, deinen Hals, dann kurz und heftig, dass du nicht weißt, wo es war (und ich auch nicht), und wir liegen beide nackt auf dem Teppich und sagen gute Dinge zueinander, sagen Du zueinander und alles weitere geht nur noch uns etwas an.

»Du zögerst nie, die schwierigsten Probleme anzupacken.« (Glückskeks)

Wenn das Leben nur dies sein könnte: die Morgensonne scheint auf deine Hand, die von meiner gestreichelt und dann festgehalten wird.

Auf der Umhängetasche der Frau war ein kleines Schild befestigt. Darauf stand: TASCHE.

Musik von Belle and Sebastian gehört, Fingernägel mit Glitzer lackiert, Wodka gesoffen, durch die Wohnung getanzt und einen Brief an Friederike Mayröcker geschrieben. Ein perfekter Tag zum Sterben, nein, zum Leben.

Wie aber nach einem Tag wie gestern einen neuen beginnen (mit lackierten Fingernägeln)? Eine Alkoholleiche liegt auf der Treppe der U-Bahn-Station Zoologischer Garten. Menschen steigen über den bewusstlosen Mann, über getrockneten Speichel, getrocknete Pisse, über seinen Arm, an dessen Ende seine Hand ein Stofftierchen hält – und bin ich nicht auch einer von ihnen? Sähe ich sein Gesicht, könnte ich sagen, ob er schon tot ist. Ich drehe mich nicht mehr nach ihm um, sehe nicht, ob diejenigen, die hinter mir gehen, genauso über ihn hinwegsteigen wie ich und diejenigen, die es vor mir getan haben. Wie kann ich sicher sein, dass nicht ich das bin, der dort liegt?

Die mittelgroße Stadt ist ein Blumenkübel aus Waschbeton. Aus den Blumenzwiebeln wachsen Tulpen heraus, ein Spinnchen beint über die dunkle, feuchte Blumenerde, am unteren Rand des Kübels sprießt Unkraut. Irgendwo in der Nähe spielen Kinder, und aus einem geöffneten Dachfenster dringt eine singende Frauenstimme, die mich ganz sanft streichelt.

Am Ende eines anstrengenden Tages ist alles Böse aus mir gewichen. Gleich kommt J. nach Hause, H. schläft nebenan in seinem Zimmer, und wir werden uns baden und lieben, halten und beieinander liegen unter einem klaren Himmel und Sternen, solchen, deren Namen wir kennen und solchen, deren Namen wir nicht kennen.

Weil sich niemand bewusst ist, dass es eigentlich Gott ist, der ihm den Weg weist, und alle nur noch an sich selbst glauben (an was eigentlich in ihrer Armseligkeit?), sind Wege und Pfade zertrampelt und das Geschrei ist groß.

Mit der Sonne ist auch der Tag gegangen, und ich fühle mich »ganz« in diesem Moment, ohne Risse, durch die etwas von mir versickert. Ich bewege meine Zehen, schaue ihnen dabei zu, wie sich bewegen, und hinter mir auf der Couch sitzt J. und säuselt etwas.

»Odessa ist mein Honolulu« heißt jetzt »Erst einmal für immer«.

Ein Alter in der Leipziger Straßenbahn nimmt eine riesige Dose Tic Tacs aus seinem Odyssee-Rucksack, setzt die Dose an die Lippen und trinkt ein paar Dragees.

Tomas Tranströmer ist gestorben (manchmal schlug mein Leben die Augen im Dunkeln auf).
26.3.2015

Zwei Stunden lang »The Americans« von Robert Frank angesehen, auf der Zugfahrt zwischen Göttingen und Berlin. Immer und immer wieder durchgeblättert, geschaut, verweilt, hineingeschlüpft und am Buch geschnuppert. Draußen verschwindet die Landschaft. Ich trinke Bier und denke an J.

Der Rosenplatz, auf dem ich mit F. manchmal gesessen hatte, bevölkert von Familien mit Kindern, die auf dem Rasen, den sie schon im letzten Jahr ruiniert hatten, Fußball spielen, jeweils zwei Jacken als Torpfosten auf den Acker gelegt, die billige Plastikpille ziel- und planlos durch die Gegend schießend, stochernd. Einer nimmt den Ball in die Hand, und keiner der gegnerischen Mannschaft protestiert. Der vom Spaß ruinierte Platz.

Einer meiner letzten Spaziergänge durch unsere ehemalige Gegend, als wäre es überhaupt einer meiner letzten Spaziergänge (bevor was geschieht?)

Sonntagmorgens in der U-Bahn. So sollen Menschen sein: wenige, noch weniger, der ganze Wagon leer.

Liebste, gleich rollt dein Zug ein, ich habe nun alles Schlechte hinter mir gelassen. Lass uns Liebe sein.

29. Notizbuch

Lux aeterna luceat eis (Grabaufschrift Herman Grimm)
Beati mundo corde (Grabaufschrift Rudolf Grimm, der heute 185. Geburtstag feiert, am 31.3.1830 geboren)

Die Vereinigung, das Einssein, zusammen eins werden (und dagegen das Alleinsein im Gemeinsamen) und ewig sein in diesem Augenblick, dauerhaft, endlos, ewig, ohne Ende sein, so sein, wie zwei Menschen nie zuvor gewesen sind, über die Welt und ihren Schöpfer hinaus.

»Ich habe in meinem Leben drei Ringe besessen, und ich kann dir sagen, wo ich alle drei hab liegen lassen: immer neben dem Waschbecken in einer Flughafentoilette«, sagte J.

Vor dem Haus, in dem ich letztes Jahr noch in Kreuzberg gewohnt habe, steht jetzt ein Fahrradständer für zwanzig Leihräder der Bahn (und der Ort ist immer noch nicht an seinem Tiefpunkt angekommen).

Das Reden über andere in deren Abwesenheit verbieten (oder eine Abschrift des Gesagten übermitteln); heute stehe ich wieder jemandem gegenüber, dem ich ansehe, dass er mit anderen über mich gesprochen hat.

Da: ein Loch in den Wolken, das zum Himmel führt. Schnell hindurch, oh, es hat sich schon wieder geschlossen.

Ein Segelflugzeug und zwei Vögel umkreisen sich einige Male in der Höhe und fliegen dann jeder für sich weiter.

»Is will Käse aufs Brot«, sagt das Kind, »nein, nicht quadratisch, is will rund.« Die Mutter schneidet eine Scheibe aus dem Käse und legt sie aufs Brot. »Is will kein Käse«, jammert das Kind, dann piepst es, weint, schreit, zwei Stunden lang. Mittagessen, Karfreitag.

Überall lügt Müll herüm (so viele »üs« muss man erst mal in einem Satz unterbringen).

»Die meisten Leute machen sich keine Gedanken darüber, dass, was aus dem Instrument eines Musikers kommt, egal, ob es improvisiert oder geschrieben ist, aus Erinnerung besteht, aus Erfahrungen und Gefühlen (...), an die Schönheit des Wetters, den netten Anblick eines Berges, vielleicht einen frischen Windzug.«
(Charlie Parker)

»Du sollst nicht die Butter links abschneiden«, sagt das Kind zu mir, und als ich die Butter rechts abschneide, schreit es: »Nicht die Butter rechts abschneiden!«

Den Wurm spießen wir auf dem Angelhaken auf. Wir angeln einen Fisch und mit dem Fisch einen Fuchs und mit dem Fuchs einen Bären und mit dem Bären ein Mammut. Aber wie sollen wir das jetzt vom Angelhaken bekommen? Wir werfen die Angel samt Mammut, Bär, Fuchs, Fisch und Wurm ins Wasser und gehen glücklich nach Hause.

Ich darf nicht die Kirschblüte verpassen, sonst steht es schlecht um mich.

Mit H. zum 100. Geburtstag von Billie Holiday getanzt (während J. nackt durch die Wohnung läuft und im Bad verschwindet).

Das rückwärtsgerichtete Leben in der Kleinstadt; in Gedanken wieder das Klein- und Schulkind, das durchs Eis des Ententeichs gebrochen und beinahe ersoffen wäre; erst das Dahingleiten über das Eis, vorwärts und rückwärts, ein fließendes und flüssiges Dasein, dann das falsche Einschätzen der Stärke der Eisschicht, das Einbrechen und der Verlust des Rhythmus', das Absinken, Versinken, nass und kalt bis auf die Knochen; das Kind, das sich auch Jahrzehnte später noch an diese Szene erinnert, als wäre sie jemandem anderen passiert, und das dennoch sofort zu zittern beginnt; das Kind, das jetzt ein Mann mit einer Familie ist, ein Mann, der die Schwere der Erinnerung spürt, die Enge der Kleinstadt, die Schwere und Enge des rückwärts gerichteten Lebens, und er schüttelt eines seiner Beine, als wäre er gerade wieder aus dem Teich gestiegen.

Ein Mann bringt seiner Enkelin das Radfahren bei. »Du kannst aber schon gut fahren«, lobe ich das Mädchen, und als der Mann zu mir sieht, erkenne ich ihn, er ist der Vater des Mädchens, in das ich in der vierten Klasse verliebt gewesen bin. Er war derjenige, der mich damals nach dem Kindergeburtstag beschuldigte hatte, Geld gestohlen zu haben, worauf der Kontakt zwischen mir und seiner Tochter abgebrochen wurde. Jetzt rutscht seine Enkelin von der Pedale ab und knallt mit dem Mund aufs Lenkrad. Der Mann beruhigt sie und hält mit der Hand ihre Schulter. Dann fährt die Kleine weiter. Er hat mich nicht erkannt.

Die Geliebte meiner Kindheit, die verschwunden ist und die ich niemals wiederfinden kann (nicht jene von damals). Die Vergangenheit ist zerstört und liegt in Trümmern in einer anderen Zeit, zu der es keinen Durchgang mehr gibt. Sie existiert für mich nur in der Vergangenheit, und dorthin, wo ewige Vergangenheit herrscht, wünsche ich mich zurück, wünsche mir ewige Gegenwart mit ihr.

Das stille, rote Glühen der Zigarette des Nachbarn auf dem Balkon gegenüber und das Schreien des Kindes (Ohrenschmerzen).

Der Straßengeiger, der mit russischem Akzent einen tanzenden Mann fragt, ob er ihm das Geschäft kaputt machen wolle, ein Musikant, der einen Tanzenden zurechtweist.

Das Grinsegesicht mit Mundwinkeln, die zu den Sternen hochgezogen sind. Die Grabesmine mit Mundwinkeln, die durch die Hölle gehen. Dazwischen in den Vorgärten eine Katze aus Stein, ein Huhn aus Holz, ein schwarzes Schwein aus sonstwas, aber nicht der Hund (Paula), den mir H. zeigen wollte. Es ist kalt, die Wolken vor der Sonne wie ein Vorhang, gleich beginnt die Vorstellung (als Vorgeschmack liegen zerbrochene Dachziegel auf dem Gehsteig).

»Ja, sie war rührend, die Treue zu einer Welt und Menschen, die es nicht mehr gab. Ich verstand diese Empfindung. Eines Tages sind die Älteren nicht mehr da. Und man muß sich leider entschließen, mit den Altersgenossen zu leben.«
(Patrick Modiano »Vorraum der Kindheit«)

Den leeren Kinderwagen vor mich hinschiebend und einen Strauß Blumen in der Hand haltend (wie sieht das denn aus?).

J. erzählt von einem Zettel auf dem Tierspielplatz. Darauf stand: »Die Ponys sind zu alt. Die Esel sind zu alt. Dieses Jahr fällt Reiten aus.«

Die Frau: »Du bist klug, und ich bin witzig.«
Der Mann: »Aber nicht so klug wie du.«
Die Frau: »Nicht so klug, um witzig zu sein.«

Auf der Titelseite des Süddeutschen Zeitung ein trauriger, pfeiferauchender Günter Grass, der gestern, am 13.4.2015, gestorben ist.

Wenn mein Herz an deines denkt (J.), ermüdet es nie.

Mein Herz ist groß, meine Nerven sortiert, das entzündete Auge auf dem Weg der Besserung, die Hauptpost streikt. »Und? Allet schick?«, fragt einer. »Nö«, antwortet der andere. Zurück in Berlin.

Ja, ich habe dich gefunden, dich, von der ich mich immer wieder gefragt habe, ob du noch irgendwo am Leben bist, J.

»Schweigen, das ist das einzige Mittel, um durchzuhalten. Schweigen und Vergessen.«
(Patrick Modiano, Kindheit)

Zum ersten Mal seit langer Zeit erlebte ich den Beginn von etwas (Modiano). Liebste, unser Beginn wird steter Beginn bleiben, ohne Mitte und vor allem ohne Ende.

Zu J.s Fragenbuch: Wenn ich nur lange genug in die Wolken sehe, muss mich doch jemand hören?

Auf großen Schiffen mit reinweißen Segeln fahren und auf Nussschalen mit Streichhölzern als Paddel.

Es ist dunkel, Abend, eine Nebenstraße. Ein junges Paar kommt aus einem Restaurant. Er zieht eine verspiegelte Sonnenbrille aus der Jeansjacke und setzt sie sich wie hundert Mal geübt auf die Nase. Sie senkt den Kopf und lächelt. Als er etwas zu ihr sagt, hebt sie den Kopf. Sie küssen sich. Ein Auto fährt hupend vorbei. Der Fahrer trägt eine verspiegelte Sonnenbrille und lacht. (Als wäre mein Sehen beschädigt.)

Einen alten Schulkameraden auf der Pfennigbrücke getroffen. Nach zwanzig Minuten ruft seine Frau an und fragt, wo er bleibe, sie müsse zu irgendeinem Termin, sie und der Kleine würden warten. Ohne große Eile sprechen wir weiter, bis ich die Geduld verliere und auf mein Fahrrad steige. Im Französischen Garten Basketball mit einem Rumänen gespielt und geschwitzt. Der Biergarten ist geschlossen, in einem Gasthaus ist kein Platz mehr zu bekommen (die Nachrückenden schauten aus dem Hofgarten durchs Fenster, ob auch alles der Reihe nach ginge). Beim Griechen um die Ecke dann drei Wodka getrunken und ein Bifteki gegessen. Ich liebe J. sehr und sie mich auch. H. war traurig, dass ich nicht beim Abendessen war.

Letzte Woche war Rolf Dieter Brinkmanns 75. Geburtstag. Lobhudeleien in den Zeitungen gelesen, die alle auf seine Wirkung als erster Popliterat abzielten, ohne eine einzige Zeile von ihm. Alles bloß scheiß Schubladentexte, so pigeonhole.

V. in der Stadtkirche begegnet, und sie nahm mich in den Arm wie einen Sohn (?) oder mindestens jemanden, den sie genauso lange kannte. Wann hat mich ein Freund oder eine Freundin so umarmt?

Nach der Kita sind H. und ich auf einer Wiese, werfen Steine und Bierdeckel ins Fußballtor und ich pflücke Blumen für J. Wir lachen, weil wir lachen wollen und es Spaß macht. Am anderen Tor liegt ein Stadtstreicher mit freiem Oberkörper, und H. will auch sein T-Shirt ausziehen.

Eine weibliche Stimme aus einem der Lautsprecher auf dem Bahnsteig. Ein Hauchen zuerst, dann ein leises »Hallo« gefolgt von einer längeren Pause. »Sprechprobe, Sprechprobe«, sagt die Stimme schließlich und holt mich in die Realität einer nicht vollkommenen Welt zurück.

Nach anderthalb Wochen wieder zurück in Berlin. Sitze mit einem Kaffee aus einer französischen Patisserie im Dreipfuhlpark. Ich war glücklich hier. Heute bin ich ein Besucher, der dem Leben eines anderen nachspürt, der nicht mehr existiert. Hier ist nichts mehr. Die beiden Menschen von damals, die in die Bäume und den Himmel geschaut haben, sind verschwunden.

Und am Abend dann Spaziergang zum Rosenpark, wo wir dem Zünden der Gaslaternen in der Dämmerung und den Flügen der Fledermäuse zugesehen und oftmals unsere Ruhe wiedergefunden haben, bevor wir dann nach Hause gegangen sind. Niemand hier. Und auch das Licht brennt noch nicht und wirft keine Schatten.

Der Nebel liegt auf der Wiese hinterm Haus, und dazwischen hat sich der Frühling versteckt, der von allen Vöglein gleichzeitig besungen wird an jetzt schon kaum noch enden wollenden Tagen; die Kirschblüten bleiben standhaft im Wind, und mein Herz schlägt in sanfter Wildheit (nur für J.; wieder in Celle).

In großer Klarheit schaue ich auf die neblige Wiese hinterm Haus; als hätte jemand die Buche über Nacht in ein neues Blätterkleid gehüllt.

»Ach, ich wünschte mir, / so zu werden wie der Wind, / der im Frühling weht / und an jede Tür pocht, / wo betrübte Menschen sind.«
(Sasaki Nobutsuna)

Der Frühling ist zurückgekehrt und auch du, Liebste, nach beinahe einem halben Leben, in dem wir uns nicht gesehen haben. Der Regen fällt hinab in diesen Tagen, und mit der Landschaft werde auch ich, werden wir gemeinsam schön, mit der aufgehenden Sonne Tag um Tag mehr.

Anruf beim Autor nach Veröffentlichung seines Romans: Hallo, ihr Buch ist großartig, und bei uns ist gerade eine Stelle als Lektor der John-Sinclair-Hefte frei geworden.

Schade, dass man Ironie nicht tütenweise kaufen kann.

Das frische Hemd in die Hose mit Gürtel gesteckt, sitze ich mit gewaschenem Haar allein am Fluss und singe (tatsächlich: das verschwitzte T-Shirt hängt über der zerschlissenen Hose, die in den verdreckten Schuhen steckt. Ich sitze allein im Zug von Hannover nach Celle und lese ein Buch über japanische Jahreszeiten).

Hier eine leere Stelle, eine viertel Seite im Notizbuch unten rechts. Sie frei lassen, nur für den Notfall (ist denn jetzt nicht gerade einer und ist nicht immer einer?). Gerettet hat dieses Buch so manche Fensterscheibe, so manches Gesicht, so manches Leben, meines.

Bewölkter Himmel, reines, heiteres Herz.

Ein Yuppie-Paar mit Sektgläsern in der Hand beim Jazzfestival in Kreuzberg. Unbeholfen schiebt er sie von ihrem Platz außen ein Stück nach innen. Dabei fällt sie beinahe, verschüttet den ganzen Sekt, sagt aber nichts. Er reicht ihr sein volles Glas und holt sich selbst ein neues, nur um schließlich ein weiteres Mal gehen zu müssen, er hatte ihr leeres Glas vergessen.

Nach dem Konzert (Nostalgia Trio; das vorletzte Stück wäre der perfekte Abschluss gewesen; immer auf die Musik hören, niemals aufs Publikum) werden die Besucher wie mit einem unsichtbaren Besen aus dem Saal geschoben. Vorm Club warten schon die nächsten Gäste hübsch aufgereiht, und einige schauen ratlos auf den Müll, der auf die Straße gekehrt wird, hinab.

Wann habe ich das letzte Mal auf meiner Trompete gespielt? Und wenn ich nicht darauf spiele, sollte sie dann nicht jemand besitzen, der darauf spielt?

Am Horizont wütet das Unwetter, mit Tornados, wie mein Vater sagt. Über der Kleinstadt ziehen schnell ein paar Wolken nach Südosten, kühler Wind verweht die Hitze des Tages, bringt Entspannung. Ein Star pickt nach einer Blumenwurzel im Garten, und plötzlich schießt eine Elster aus der Buche. Darüber segeln Schwalben, und noch weiter oben im Himmel ziehen einige Raben.

B.B. King ist gestorben (alles um mich herum ist Blues).
14.5.2015

Du bist so schön. Der Alte drehte sich nach dir um und sein Hund auch.

Geschichte von den drei Schwänen auf der Aller geschrieben.

Kleine Badeseen im trockenen Blumenbeet, in denen die Spatzen ihre Gefieder säubern. Empörter Blick von einem, weil ich stehen bleibe und ihnen beim Baden zusehe.

Ich habe das Gefühl, mein Kopf zerplatzt. Wenn ich von heute an in einem Jahr noch lebe, habe ich sehr sehr großes Glück gehabt (während ich das schreibe, schlägt ein dicker Ast, der von einem Baum abgebrochen ist, neben mir auf).

Als würde es die Welt, das Leben, den Tod, Gott, die Beach Boys und alles andere um mich herum nicht geben, als existierte nur ich (Gefühl der absoluten Singularität).

Da drüben auf der anderen Straßenseite geht einer, der sieht so aus wie ich (gern aussehen würde).

Ich warte auf den Bus, und ein paar Schritte neben mir steht ein Fettsack mit einer großen Bäckereitüte. Er zieht nacheinander heraus: eine Bierflasche, ein Schinkenwürstchen, eine Laugenstange, ein Laugenbrötchen und ein belegtes

Brötchen mit Ei. Schnell, aber nicht hektisch, verspeist er alles und trinkt das Bier dazu. Als ich in den Bus steige, greift er wieder in die Tüte, die immer noch nicht leer ist.

T-Shirt-Aufschriften beim Karneval der Kulturen in Berlin: *Shades of Hiphop Mixtapes, EASY does it, POLIZEI, Just do it, Black Flag, Hüsk, Lost in the wave, Mr Right Now, Trust me I'm a Jedi, CLCTVE, The Seven Seas Life Atlantic, Sauna Master, Johnny Cash, Vamonos Pest, Peace for the World, Pepe Jeans Seventy Three, Authentic goods & supplies,* Ich bin nur wegen dem Bier hier, *Unicorn Salvation, New York City* und so weiter.

Wir haben heute den ganzen Tag 20.000 Meilen aneinander vorbeigeredet. Trotzdem sind wir eng miteinander, und kein Blatt passt zwischen uns.

Der Mann, der in ein abgesperrtes Gelände einbrach und die ganze Nacht Karussell fuhr, Whisky trinkend, und der am Morgen tot aufgefunden wurde, die Flasche leer, das Karussell immer noch in Betrieb, Yipiyaya Yipiyipi Ya von Kinderstimmen skandiert aus den Boxen dröhnend.

Ja, noch habe ich Äste, denen ich mit meinen Gedanken folgen kann, an denen ich mich festhalten kann, auch wenn sie schon zu knacken beginnen.

In meinen Augenwinkeln werden Gespenster geboren, die von der Sonne vertrieben werden.

Von acht Milliarden Menschen sterben acht Milliarden Menschen, von sieben Millionen sterben sieben Millionen, von sechstausend sterben sechstausend, von fünf sterben fünf und so weiter. Jede Woche verhungern auf der Welt 250.000 Kinder, in 126 Staaten wird gefoltert, Menschen sterben an Leber-, Lungen- oder Bauchspeicheldrüsenkrebs, kommen bei Naturkatastrophen ums Leben, werden von Terroristen verbrannt, erschossen, erhängt und geköpft. Manche Menschen sterben auch beim Zeitunglesen. Eins ist sicher: keiner kommt hier lebend raus (mit Ausnahme desjenigen, der von den Toten auferstanden ist).

Als der Wind stärker wurde und brausend in und durch die Bäume fuhr, saßen sie auf der Terrasse, schauten ins Tal und schwiegen. Etwas später dann gingen sie ins Haus und stritten sich mit der Kraft des Windes (sie sagten sich, was gesagt werden musste).

Einmal am Tag etwas finden, das wir gemeinsam tun, und in diesem Kleinen den Sinn des Höheren, des ganzen Lebens sehen.

Das behutsame Zubereiten des grünen Tees am Morgen und das gemeinsame Trinken – den Tag mit etwas Heiligem beginnen.

Am Rand des Schlossgrabens schlafen drei Enten, nein, es sind zwei Enteneltern und ihre Kükenschar, die sich eng aneinandergeschmiegt haben.

Das Kind blieb voller Erwartung vor der Pfütze stehen und sah zum Erwachsenen hin. »Spring rein!«, sagte ich, und H. sprang mit großer Lust hinein und hinterher lobte ich ihn.

Ich bin durchlässig für die Liebe und das Licht (dachte ich auf dem Weg zur Arbeit im übelriechenden Zug).

Die Vögel sangen im Garten, und drinnen im Haus schimpfte der alte Mann.

H. kam spät ins Wohnzimmer, rieb sich die Augen und sagte, er müsse auf die Toilette. J. lobte ihn ganz zärtlich und ging mit ihm zusammen auf die Gästetoilette gegenüber seinem

Zimmer. Sie lobte ihn weiter und weiter, und als sie ihn ins Bett legte, war er bereits wieder eingeschlafen.

Ich musste plötzlich niesen und verlor eine Lerche, die ich am Himmel beobachtet hatte, aus den Augen. Aber ihr Gesang blieb im Meer aus Blau und machte mich froh.

Ein Habicht kreiste über den Bahnhofsgleisen und dem Geflecht aus Stromleitungen. Würde er sich gleich herabstürzen, nichts könnte ihn aufhalten, weder Strom noch Beton noch Stahl.

Ja, Hölderlin und Handke: die hässliche Sorge und der schöne Sorglose.

Auf dem Weg zur Arbeit zwischen Müdigkeit und Wachsein; ich möchte gleichzeitig lange schlafen und dabei wach sein, nichts sein und dabei ganz in der Welt.

Morgens auf der Fahrt mit dem Zug zur Arbeit noch aufnahmefähig und frisch, fähig, nach links und rechts zu sehen, neugierig und frohen Mutes. Abends, auf der Rückfahrt von der Arbeit dann über den Tag nachdenken, ihm nachspüren, aber da war nichts.

Regensturm nachts, H. kommt um 1 Uhr zu J. und mir ins Bett, stößt J. mit dem Fuß in Bauch und Rücken und dann ein Glas Tee um. Um 4 Uhr fällt er aus dem Bett, beißt sich dabei auf die Lippe und blutet. Am nächsten Morgen erinnert er sich an nichts mehr und betastet irritiert seine Lippe. Wir sind erschöpft, aber zärtlich zueinander (wir sind Abenteurer).

Gleich bin ich bei dir. Lass uns sanft zueinander sein.

Gestern Abend zu den Wolken hingleitend, fliegen die Schwalben heute Morgen über den Baumwipfeln und Dachgiebeln, zwischen den Häusern pfeilgeschwind.

H. mit dem Laufrad zur Kita gebracht und dann auf dem Fahrrad zum Bahnhof gesprintet wie Eddy Merckx. Auf die Sekunde genau am Bahnsteig. Dann die Durchsage: RE nach Hannover zehn Minuten später.

Tom Sawyer und Huck Finn hatten alle Zeit der Welt (und haben sie die nicht für alle Zeit der Welt?).

Den letzten Zug, der noch regulär nach Berlin fuhr, verpasst. Danach zunehmendes Chaos am Bahnhof, überfüllte Bahnsteige, Durcheinandergelaufe und sich immer weiter verspätende Züge. Am Hinterausgang schon wieder verträumte (und versoffene) Leere, und in einem leeren Café werde ich eine halbe Stunde lang nicht bedient.

Wenn das Leben nur dies sein könnte: mit der Liebsten gehen und immer darauf vertrauen, dass ihr Weg auch der richtige für dich ist.

»It's rest I want (…) from doing / Things over and over that just won't stay done. (…) / Len says one steady pull more ought to do it. / He says the best way out is always through it.«
(Robert Frost »A Servant to Servants«)

Ich fand keinen Weg, etwas klar zu denken, und konnte es O. auf unserem Spaziergang durch Pankow nur gestammelt mitteilen (er verstand aber alles ganz genau).

Eine junge Frau saß in der S-Bahn und schminkte sich, bis sie entsetzlich entstellt war. Sie stieg als eine von dutzend anderen am Potsdamer Platz aus und verschwand in der Menge.

Der Zugführer des ICE betätigte seine Pfeife und signalisierte, es könne nun weitergehen. Dann stellte er sich auf Zehenspitzen und überblickte das Gleis in beide Richtungen, und es sah so aus, als wäre es die ganze Welt.

Die einen hören ihn quaken und finden das nervig, die anderen singen mit und bitten sogleich zum Tanz.

Er hatte lange gedacht, er sei auf dem Weg nach ganz oben, würde vielleicht einmal, zu Lebzeiten oder postum, zu den ganz Großen gehören, obwohl, ein Platz im Mittelfeld mit Luft nach oben war ihm auch recht, nein, dachte er, du bist schon lange aufgeschlagen und zerschellt und was von dir übriggeblieben ist, wurde bereits weggekehrt.

Ornette Coleman stirbt mit 85 Jahren am 11. Juni 2015 in New York City. Er hat den Weg der Musik breiter gemacht; erinnere mich an das Konzert vor den Toren Berlins, als er gegen oder besser: mit dem Sturm spielte, Billy Jean von Michael Jackson, und dann setzte ein furchteinflößendes Gewitter ein. Bye-bye, Ornette.

Am heißesten Tag des Jahres: Den fluoreszierenden Blättern der Linden steht der Schweiß auf der Haut.

Manchmal wie ein Überfall, der alles abschnürt und nur zwei Gedanken zulässt: das Ausland, die Ferne, weitet und befreit, und die Heimat, Deutschland, schnürt zusammen und ab, bis alles Leben gewichen ist.

James Salter ist gestorben (so viel Schönheit plötzlich verschwunden).
19.6.2015

»Es war noch nie so kalt um meinen Geburtstag herum, und ich war noch nie so alt um meinen Geburtstag herum«, sagte J. vier Tage nach ihrem 38. Geburtstag.

In einem der Vorstadtwohnblocks, an dem ich jetzt mit dem Fahrrad vorbeifahre, lebte einst ein Klassenkamerad. Immer, wenn ich mit ihm verabredet war, stahl ich mich kurz ins Zimmer seiner Schwester, hielt kurz ihre Hand oder küsste sie auf die Wange. Ich würde die beiden heute nicht wiedererkennen (ob sie dort immer noch zusammen mit ihren Eltern wohnen?).

Jason Moran feiert eine Woche lang den 80. Geburtstag des Village Vanguard in NYC, u.a. mit seinem »Bandwagon«, Bill Frisell, Charles Lloyd, Comedians, Dichtern und einem Tribute-Abend an Thelonious Monk. Währenddessen sitze ich am Samstagabend in der Provinz in einer Kneipe und trinke zwei kleine Bier.

Auf dem Pappelast schläft selig ein Schmetterling, so zart wie Luft oder beinahe nichts. Und ruf ich ihn »Komm!« und reiche ihm meine Hand, so erhebt er sich und setzt sich drauf, als wäre es das Geweih eines Hirsches. Wünschte ich mir einen Freund, dann einen wie ihn. Schließe ich jetzt die Augen, lebe ich weiter als Schmetterling, der selig schläft auf einem Pappelast.

Ich nehme das Leben an und umarme die Welt (als er das gesagt hatte, wusste er: so einer muss bald sterben oder ewig leben).

Gleichzeitig befreiend und beängstigend die Einsicht, nicht das Zentrum des Universums zu sein (obwohl sich alle um mich herum doch selbst dafür halten).

Poet / Prolet

Nur, weil es meine Gedanken, Gefühle, Wünsche oder Träume sind, heißt das noch lange nicht, dass sie deshalb auch von Bedeutung sind. Aber ich nehme es, wie Milliarden anderer auch, mit jedem Atemzug an.

Blassblauer Himmel, zum Horizont hin verhangen und grau. Darunter brachliegende Felder. Jetzt Mischwald zu beiden

Seiten der Bahnstrecke, eine Lichtung mit Jägerstand. Nichts als eine trostlose Landschaft, gesehen von einem Hoffnungslosen, der nicht weiß, ob er jemals wieder in einem Ozean schwimmen wird.

»Guck mal«, sagte H. zu mir, »zwei Sportautos nacheinander.«
»Ja, hast du gut gesehen«, antwortete ich. »Weißt du, in Sportautos sitzen immer dicke Leute, die denken, wenn sie ein Sportauto fahren, machen sie auch Sport.«
»Machen die aber gar nicht, oder?«
»Und deswegen sind die auch so dick. Und wir fahren Fahrrad und sind nicht dick.«
»Ja. Guck mal, da war ein Hundehaufen und ich bin nicht reingefahren.«
»Hast du wieder gut gesehen. Aber auch mal nach vorne gucken beim Fahren.«

»Kirschbäume blühen.
Gut, daß ich in Japan als
Mann geboren bin.«
(Iwaya Sazanami)

»Wenn die Kirsche im nächsten Jahr blüht, sollst du meine Frau sein.«
»Es ist doch ein rechtes Glück, lebend auf der Welt zu sein.«

Ein Teil Minztee, ein Teil Apfelsaft und drei Teile Mineralwasser (MAMI).

Mitlieben mit dir und mit dir sein, im Sommer mit Licht und im Winter unter der Decke.

Das Eis im Französischen Garten und das Croissant am Vahrenwalder Platz – das alles ist nicht Paris, aber ich würde nichts auf der Welt dagegen eintauschen, mit dir zusammen zu sein.

Wenn das Leben nur dies sein könnte: ganz Sehnsucht und immer in Bewegung, ohne Angst vor dem, was da kommen mag.

Nach Sonnenuntergang auf dem Balkon. Als wollte mich die Welt belehren. Aber ich ließ sie nicht, sondern lehnte mich gegen sie auf, entweder bis an ihr Ende oder meins.

Nervös liefen sie alle über den Bahnsteig, und ich konnte in dieser einen Stunde Wartezeit die ganze Menschheit lassen, ich gewann das Spiel gegen alle.

Gescheitert beim Versuch, eine Geschichte zu schreiben über einen Mann, der einen anderen ansieht, der wieder einen anderen ansieht und so fort bis hin zum letzten Mann, der zum ersten sieht.

Der durchgestaltete Garten und dagegen am Rande eines Schotterwegs ein einzelnes Pflänzchen. Sofort fühle ich mich zum Pflänzchen hingezogen, möchte es hegen und pflegen bis in alle Ewigkeit.

»Dein Essen schmeckt mir nicht.« (Wann hat einer je so etwas gehört und ist danach geblieben? 24 Stunden ist das jetzt her. Ich könnte in Japan sein oder Los Angeles. Sucht mich dort nicht.)

Wenn das Leben nur dies sein könnte: ein Gedicht, das einzig und allein für dich geschrieben ist.

Beim Lernen fühle ich mich an meine Kindheit erinnert, werde wieder zum Kind, fühle mich jung; je mehr ich lerne, desto jünger bin ich (und weiß am Ende nichts).

Nach dem Aufschlag der Augen beginnt das Aufbrechen und das große Abenteuer jedes neuen Tages, ungerecht, unbarmherzig und ganz und gar nicht so harmlos, wie es immer den Anschein hat.

Das Wesentliche findet nicht hier inmitten all der Menschen statt, sondern dort drüben, wo es ruhig und still ist, wo man am allerwenigsten etwas erwartet, wo es keine Befehle gibt und keine Lügen.

»Das ist doch nur etwas für Kinder. Warum sollten Erwachsene das tun?«
»Weil's Spaß macht.«

Im Zug lachte eine Gruppe von Leuten, aus ganzem Herzen und aus vollem Halse, ein seltsames Lachen, kehlig und kratzig, und als ich zu ihnen ging, um nachzusehen, handelte es sich um lauter Kleinwüchsige und sie lachten und lachten und dann lachte ich mit ihnen.

Sitzen beim M. auf der Terrasse, trinken Weißwein und essen Thüringer Mettwurst am Stück. K. entkernt Kirschen, und die Kinder schlafen. Hinten am Horizont über dem Dorf flimmert der Harz. Als gäbe es kein Unrecht und kein Unglück.

Ich bin herrlich dämlich glücklich.

H. zieht sich alleine an, das Unterhemd aber verkehrt herum, das Schild im Kragen kitzelt ihn; auf der Fahrt mit dem Laufrad zur Kita singt er »Gottes Reich ist groß und schön«.

Fehler um Fehler: sich von der Mutter zum Bahnhof bringen lassen anstatt ein Taxi zu nehmen; obwohl die Klimaanlage defekt ist (zu kalt), nicht in einen anderen Wagon wechseln, sondern sitzen bleiben; das Sudoku-Spiel fortsetzen, auch wenn nichts mehr aufgeht; der Liebsten am Morgen nicht gesagt: Ich liebe dich!

Mit türkisfarbenem Wasser liegt der Schermützelsee da wie im Traum, und der Wind erzeugt kleine Wellen; Nase und Zunge suchen das Salz, vergeblich. Ich bin schon mal hier

gewesen, nur hier an diesem Ort oder auf der Welt, in diesem Körper, bin ich schon einmal ICH gewesen? Drinnen prallen die Schreie der Kinder gegen die Fensterscheiben, in die Ohren, durch den Körper, Stiche in den Magen. Hinten auf dem See paddeln zwei in einem Boot. Ich will mit dir aufgehen und dann untergehen, nein, ich will mir dir sein, ewig, wie die Wolken, die kommen und gehen, nein, ich will mir dir von Dauer sein und das Leben bewahren.
(Buckow, 25.7.2015)

Meine Lieblingsmusik: der Wind in den Bäumen, plötzlich und gewaltig und im nächsten Moment weich und lang die Luft anhaltend, aus verschiedenen Richtungen kommend, von ganz nah und weit entfernt, Rufen und Flüstern, flatterndes Zerren, verhaltenes Wippen, und jetzt die Schwalben, die über das Dach des Hauses schießen, aufsteigen und segeln.

Hier sind überall Mücken, Spinnen und alles mögliche Getier. Hier ist die Welt noch in Ordnung.

Wir sind angekommen: mit den Füßen im Wasser und einige von uns auch mit dem ganzen Rest (Dylan: *»so happy just to be alive on this new morning with you«*).

30. Notizbuch

Wenn man gar nichts sucht, findet man die schönsten Sachen (darauf konnten wir uns alle einigen, und jeder fand etwas Besonderes auf dem Weg, eine Ahorn-Nase, ein Stock-Schwert oder einfach wieder zueinander).

Wenn ich stundenlang den Fröhlichen spiele, werde ich nicht fröhlicher und fröhlicher und am Ende wirklich der Fröhliche, sondern sehe die Klinge des Messers in der Schublade aufblitzen.

Der nach außen ruhige, aufmerksame und besonnene Mensch war doch nichts weiter als ein verschlossener, kalter und dummer Sack voller Kartoffelschalen.

Sage vom Klapperstorch aus dem 19. Jahrhundert: Eine Frau bat ihren Mann, einen Storch für sie zu schießen, und nachdem sich der Mann erst geweigert hatte, schoss er schließlich doch und traf den Storch ins Bein. Ein anderes Mal kam der Mann zu einem Strand, wo ihn eine Frau zum Essen einlud. Ihr hinkender Mann wies den Gast darauf hin, dass er einmal ein Storch gewesen sei, und gab ihm ein schönes Geschmeide für seine Frau mit. Zuhause aber legte es der Mann dem Hund an, der in tausend Stücke zersprang.

In der Hundehitze kamen die Katzen heraus und lagen im Schatten der Hauseingänge.

Links aus dem Fenster sehen sie das Moor; nicht hier vorne, sondern weiter hinten, mit der Entengrütze drauf.
(Eisenbahnschaffner)

Eine große, rote Wäscheklammer kam hinterrücks an die kleine E. herangeflogen und biss ihr in den Arm.

Endlich war es still geworden, und ein Star mit leuchtendem Gefieder landete neben mir auf dem Rasen, pickte im Gras, sah mich kurz an und flog dann wieder davon.

Die alles anstrahlende Sonne und der uns anstrahlende H. (der auch alles andere anstrahlte und Freund war mit sich und der Welt).

Wie großartig die Tage und das Leben sind, und dann steht H. plötzlich mit Kopfschmerzen vor uns, zu viel Sonne. Ein paar Minuten später liegt er schon im Bett und schläft, J. neben ihm. Zwei Stunden später wacht er wieder auf und weint so viel Wasser wie der Mississippi mit sich führt.

Ein Schwarm Schwalben kam wie eine Flotte unbewaffneter Eroberer durch die Luft gesegelt, und stolz zeigten sie ihre weiße Brust im Licht der Abendsonne.

Meine neuen Freunde in diesen Tagen: das abendliche Feuer und die Schwalben (das Zur-Ruhe-Kommen und das stolze Segeln).

Nebenan macht's PENG, und kurz darauf niest einer.

Der Großvater wollte nicht mit dem Kind spielen. Die Großmutter auch nicht. Dann kam das Kind zu mir, und wir schauten uns Bilder in der Tageszeitung an. Ganz ruhig und aufmerksam war das Kind und legte seine Hand auf meinen Oberschenkel. Plötzlich rief der Großvater das Kind und zeigte auf einen Buntspecht. Da lief das Kind zum Großvater, sah den Specht kurz an und lief dann zur Mutter und erzählte es ihr, lief auch zur Großmutter, erzählte es allen und war dabei ganz aufgeregt.

Buddy Emmons (Blue Jade) ist gestorben, schon am 21.7.2015.

Am Straßenrand standen sie, und die Frau rüttelte mit beiden Armen an den Schultern des Mannes, ihr Oberkörper einen Schritt von seinem entfernt und deshalb seltsam vor- und zu ihm hingebeugt. »Nein, nein!«, sagte sie immer wieder mit schmerzverzerrtem Gesicht, das Mascara in Fäden unter ihren Augen zerlaufend. Aber der Mann stand einfach nur reglos und mit hängenden Schultern da, und er sagte kein Wort. Er hatte seine Entscheidung längst getroffen, sah die Frau auch gar nicht an. »Nein, nein!«, schrie sie jetzt. Wie weit ist es bis zur Antarktis?

Mit der einen Hand hielt sie ihr Fahrrad fest, in der anderen hielt sie ein Buch, und der Fahrtwind, der durch die geöffneten Fenster der U-Bahn zog, fuhr in die Seiten des Buches und machte das Lesen unmöglich. Sie wartete bis zur nächsten Station, stellte das Fahrrad ab und setzte sich auf einen freigewordenen Platz. Jetzt konnte sie lesen.

Berlin ist nicht die klügste Stadt. Aber heute waren sogar die Bäume dumm.

Traum: Ich würde dir einen Liebesbrief unter der Tür durchschieben und später feststellen, dass ich vergessen hatte, meinen Namen drauf zu schreiben; und du würdest nicht wissen, von wem der Brief stammte.

Ich erinnere mich an den U-Bahn-Fahrer in NYC, der gerade Vater geworden war und an jeder Station, die er durchsagte, uns an seiner trunkenen Freude teilhaben ließ.

Wenn das Leben nur dies sein könnte: ein weites Land, ein Dorf mit einer Schule, Gerechtigkeit und Freiheit.

Ich bin Romantiker. Es mangelt mir in jeder Hinsicht an Gründen.

Das Wichtigste: Ich schreibe. Menschen sterben, Städte werden gebaut und dem Erdboden gleichgemacht, Landesgrenzen verschieben sich. Ich schreibe. Durchs Fenster dringt von außen Gewimmer, Gejaule, Geschrei, Gezeter und Gejammer. Ich schreibe. Der Frosch frisst die Fliege, der Löwe die Antilope, der Stärkste den Schwächsten. Ich schreibe. Die Sirenen stimmen ihren Gesang an. Ich schreibe. Manchmal denke ich: Selbst wenn ich nicht schreibe, schreibe ich.

»Die Sonne geht unter. / Mein Wunsch: / Unter dem kugelrunden Vollmond / ein Wolf zu werden.«
(Ko Un »Blüten des Augenblicks«)

Sollte sie von dir gehen, gehst du am folgenden Neujahrstag.
16.8.2015

Im Bus saß ihm eine fremde Frau gegenüber, und er sah sich mit ihr am Frühstückstisch sitzen und denken, er würde sie lieben. Dann brach er in Tränen aus.

Als ich mit O. vom Dorotheenstädtischen Friedhof kam, begann Berlin zu leben.

Als aus den kleinen Phantasien große Phantastereien wurden (nahm ab hier das Heil oder Unheil seinen Lauf?).

Am Haus, in dem sich der Jazzclub *Aufsturz* befindet, sehe ich zum ersten Mal eine Tafel, es handle sich um ein ehemaliges Wohnhaus Alexander von Humboldts, und ich stelle ihn mir heute Abend mithörend, mitschauend und über den Club wachend vor.

Verschlafen einen Blick durchs Autodachfenster nach oben in den morgendlichen Nachthimmel werfen; ein paar Stunden später glitzert der Fußboden der Gangway am Frankfurter

Flughafen, in Venedig dann abends das schwarze Gold der Lagune im Licht einer Straßenlaterne.

Ich möchte dich in jeder Sekunde fragen, ob du meine Frau werden willst. Aber ich habe dich bereits gefragt, und du hast schon *Ja* gesagt.

Ein dunkler Raum. Nichts war zu sehen oder zu hören. Es roch nach Holz, Stein und Menschen. Vielleicht bestand der Fußboden aus Holzdielen, und die Wände waren unverputzt. Eine einzelne Glühbirne leuchtete auf. 93 Menschen saßen auf ebenso vielen Stühlen. Einer tanzte eine Stunde und fünfzehn Minuten. Dann erlosch die Glühbirne. Was danach passierte, war widerwärtig.

Das Gejaule und Gekreische der Katzen im Hinterhof um kurz vor acht Uhr abends, während einer mit Schnurrbart im Unterhemd am Herd steht und die Pfannen brutzeln lässt. Die Mütter sitzen vorm Haus oder vorm Fernseher. Aus den Wohnungen der Gasse dringt das Leben durch die geöffneten Läden nach draußen. Und heute morgen, als die Kirchenglocken ein Lied spielten, sang einer mit. Die süße Musik des Lebens in Castello.

Gegen neun Uhr ist wieder Ruhe eingezogen, und ich massiere J. die Füße. Sie gurrt wie eine Katze, die gerade eine Taube verspeist hat.

Ich bin in Sicherheit, ich bin gut versteckt in dir.

Das Husten eines Mannes, als wollte er etwas loswerden, das nicht mehr loszuwerden war, und dazu die seltsamen Schreie einer Möwe.

Das Fenster stand offen, und Himmel und Regen fielen auf unsere Körper.

Das Rufen der Bewohner in unserer Gasse von Haus zu Haus. »Ciao Maria« aus dem Haus nebenan, »Ciao Bellata« aus dem Haus gegenüber. Dann wird ein Fenster geschlossen und irgendwo sind Kramgeräusche zu hören.

Die Hutverkäufer, die bei schlechtem Wetter Regenschirme verkaufen (zwei große Tische mit Hüten bei Sonnenschein, ein kleiner Campingtisch bei Regenwetter).

Das Bild »Mural« von Jackson Pollock gesehen. Eine halbe Stunde lang stand ich davor, und der Rhythmus des Bildes ging in mich über und ich war voller Musik, Farbe, Form und Bewegung.

Wir haben am Markusplatz alle Cafés ausprobiert, aber es war kein günstiges dabei. Dann musste ich J. den ganzen Tag Schuhe und Handtaschen kaufen, und wir haben einen Gondoliere gemietet, uns durch die Kanäle zu schippern, und einen weiteren, der die Tüten und Taschen transportiert hat. Wir haben das Geld mit vollen Händen ausgegeben, bis wir mit leeren Händen dastanden, an denen wir uns dann hielten.

NÉ PUNTI
NÉ UNTI

Wenn es bis jetzt noch nicht klar geworden ist – ich widme all meine Verse dem größten und schönsten Schauspieler aller Zeiten: Alain Delon. Que tu es beau!

Auf das Hemd eines alten Mannes waren zwei Brusttaschen genäht, beide durch Knöpfe verschließbar, und ich dachte, er sei einer, der viel, vielleicht sogar alles wusste, es aber niemals preisgeben würde (im Café Paradiso).

Aus dem Wasser ragen drei baumdicke Holzpfeiler, die mit Metallriemen zusammengebunden sind, Begrenzungsmarkierungen, und jetzt bei Ebbe sieht man den vom Salzwasser abgefressenen unteren Teil der Stämme, zum Teil dünn wie Zahnstocher, und hier einer, dessen unterer Teil ganz verschwunden ist.
(Vor Murano, 26.8.2015)

Draußen ein Schild, das auf einen Jonas-Mekas-Film aufmerksam macht, drinnen aber nur eine Fast-Food-Filiale.

Eine Frau rief ihren Hund »Tobias«, und von da an waren alle Hunde für mich »Tobias«, und ich für alle Hunde auch.

Wieder lief da dieser Schriftsteller mit graugelockten Haaren und Brille durchs Viertel Dorsoduro, und wieder fiel mir nicht ein, wer es war (er könnte sich dasselbe fragen).

Wann war ich schon mal am Mittelmeer und nicht sofort am ersten Tag schwimmen (jetzt sind es schon fünf Tage)?

Die Bestellung auf Italienisch aufgeben und sofort von der Bedienung auf Englisch angesprochen werden.

Addiere mal die Lebenszeit, die vergeht, wenn dir im Kaufhaus ein Pullover vom Bügel rutscht, du ihn aufhebst und wieder auf den Bügel fummelst.

Wir sind heute mit der Fähre über den großen Kanal. Ich habe dich von hinten umarmt, und du hast meine Hand gehalten. Ich bin ein glücklicher Mann.

Es lebte einmal eine junge Frau zwischen Bärenfell und ausgestopftem Adler in einem Haus, das so groß war, dass es für vier, fünf, ach, sechs Familien Platz geboten hätte. Es wohnte aber nur eine Familie darin, die die junge Frau zu bedienen hatte. Jeden Tag ging sie unzählige Wege durchs Haus, Treppenstufen hinauf und hinunter, durch Türen, die offen standen, die verschlossen waren und die sie erst öffnen und danach wieder verschließen musste, durch schmale und breite Flure und immer am Ende des Tages über eine kleine Treppe in ihr kleines, schmutziges Hausmädchenzimmer, in dem sie bereits seit zwei Monaten das uneheliche Kind in einer Holztruhe versteckte.)

Liegen im Gras am Meer wie Clochards, danach Kaffee im Paradiso (wir wissen, dass wir das Paradies bald verlassen müssen).

Drei Amerikaner am Nachbartisch:
»*They were better.*«
»*A lot better.*«
»*A lot more better.*«

»Man weiß nie vorher, was vom Übrigbleibenden das Kostbarste sein wird, und vielleicht wird jemand ein paar alte ausgetretene Schuhe von dir an die Lippen drücken, wenn alle deine Papiere längst verbrannt sind.«
(Elias Canetti)

Ungewohnte Ruhe im U-Bahn-Wagon; keine Gespräche, keine klingelnden Mobiltelefone, keine Straßenmusiker, keine Magazinverkäufer, nichts (sanftes Dahingleiten durch einen verträumten Morgen).

Mein Roman mag kein großer Roman sein, aber er ist *mein* Roman (und allein das macht ihn zu einem großen Roman).

Alle Plätze im Zugrestaurant sind besetzt, nur der mir gegenüber bleibt frei (Schreibblock und Buch müssen abschreckend gewirkt haben).

Der Mann lief dem abfahrenden Zug hinterher und winkte. Wie kann man sich in der Öffentlichkeit nur so unziemlich verhalten?

In meiner Erinnerung ist alles viel größer gewesen, die Häuser, die Straßen, die ganze Stadt. Der Güterzug reichte vom einen Ende der Stadt zum anderen.

Auf ein amerikanisches Sturmgewehr gedruckter Psalm: *Blessed be the Lord my Rock, who trains my hands for war, my fingers for battle.*

Blick aus dem Zugfenster über ein weites Feld mit einem hellblauen Himmel darüber und sich ständig verändernden Wolkenformationen; ich bin frei wie das Land, offen wie der unendliche Himmel und nur von kurzer Dauer, so wie alles um dich herum und in dir.

Die verkommene Gegend hinterm Bahnhof in Hannover; eine einzige Kotz-, Piss- und Spuckfläche, voller Müll und zerschmissener Bierflaschen, bevölkert allein von Gestrandeten aus den entlegensten Winkeln des Untergrunds.

Deutschunterricht mit einem jungen Araber und einer in rot gekleideten Alten mit blondierten Haaren im Café. Sie spricht die ganze Zeit englisch und lässt ihn kaum zu Wort kommen (*I had an idea how to explain the Akkusativ: Ich liebe dich*).

Schiefgewachsen, aufgequollen, krummgebogen, ausgelaufen (so sitze ich in einem schicken Café in der Tegeler Straße und warte auf M.L.).

Wenn das Leben nur dies sein könnte: »*love and mercy to you and me tonight.*«

Er nahm seine Sonnenbrille ab. Er wollte, dass die schöne Frau bemerkte, wie er sie ansah.

Moses Malone hat unter dem Korb niemals aufgegeben. Heute ist er im Schlaf gestorben.
13.9.2015

I Me Mine: das kleine, individuelle Ich überwinden und zum großen, umfassenden Ich gelangen. Ja, George Harrison (du hast immer existiert, und wirst zu jeder Zeit existieren).

Lass doch die anderen immer alles wollen und jeden Tag etwas Anderes, Neues sein. Ich will ausschließlich dich, und du willst mich, jetzt, und immer wieder jetzt und immer nur jetzt und für immer so weiter.

Er sagte, er könne den Mount Everest bezwingen, dabei konnte er sich nicht mal selbst etwas kochen. Tausendsassa, Taugenichts.

Ich schreibe / keine Gedichte mehr / schon seit Jahren / nicht / Hab's einfach / aufgegeben / so wie das / hier

Spüre es auf deiner Haut und darunter, den Hauch deines Lebens, wie der Wind, kurz, ganz kurz streift er dich, und sogleich ist alles, bist du vorüber.

Manchmal kann ich dich einfach nicht froh machen, und dann kenne ich meine wichtigste Aufgabe für den nächsten Moment oder den nächsten Tag, und ich fühle mich wie die Erde, die sich langsam um sich selbst und um die Sonne dreht.

Ein Gedicht schreiben / wenn ich glücklich bin / oder am Boden / Aber jetzt / hier in diesem Zug / der nicht abfährt / einfach weil es noch nicht / so weit ist / Das hier ist die Poesie / eines wartenden Zuges

Ich sehe meinen Pass und das unsägliche Foto darin und erkenne mich darauf nicht wieder. Was da als Person gelistet ist, existiert in Wirklichkeit gar nicht, ist nur ein Hirngespinst derer, die daran glauben.

Stürmisch begrüßte ich den Freund, die Arme wie die Flügel eines Adlers weit aufgespannt, die Augen weit und den Mund noch weiter geöffnet. Dann umarmten wir uns wie zwei, die sich ein halbes Leben lang nicht gesehen hatten, und schon ein paar Minuten später hatte es sich aufgeklärt und wir saßen da wie eine Jolle bei Flaute auf dem offenen Meer.

Koriander war in der ganzen Stadt ausverkauft. Ich ging zum Thai, bestellte eine Suppe und bat um etwas Koriander zum Mitnehmen. Auf der Rechnung waren das zwei Positionen, neben der Suppe stand eine 4, neben dem Koriander eine 1,5. Aus den Boxen schepperte »*And I will always love you*« von Whitney.

Folge dem Leben, der Struktur und der Arbeit, sie allein kennen den Rhythmus, den du brauchst (und folge der Liebe).

Ich beobachtete ein Stück Holz, das auf dem Wasser trieb, und eine Ruhe zog in mich ein, die so außergewöhnlich rein war, dass ihr nichts und niemand in den kommenden Tagen gerecht werden konnte, und ich verlor diese Ruhe schon bald wieder.

»Dieses Geräusch mitten in der Nacht.«
»Hörst du es denn tagsüber nicht?«
»Nein, nur nachts, aber dafür die ganze Nacht. Auch wenn das Geräusch eigentlich schon verstummt ist, hallt es doch seltsam nach.«
»Das sind die Güterzüge.«
»Ich würde lieber das Meer hören.«
»Jetzt kennst du die Poesie des Ortes hier.«
»Ohrenbetäubend, sinnlos.«

»Dass du es nur in der Nacht hörst, du Glücklicher.«
Wieso Glücklicher, ich liege ja die halbe Nacht wach, wo ich doch ruhen will.«
»Am Tag ist es dann immer noch in den Menschen drin.«

Du hast gar nichts erreicht, wenn du einen Pfad entlangstolzierst, den so viele andere vor dir schon geebnet haben. Und jetzt nimm deine bunten Federn ab und atme einmal aus.

Er konnte die eigene Traurigkeit weder mit Menschen noch mit der Landschaft teilen, und so lagerte sie sich in ihm über ein ganzes Leben ein und ab.

Ich habe schon lange keinen Whisky mehr im Haus, denn wenn ich Whisky im Haus habe, habe ich nie lange Whisky im Haus.

Beerdigt mich in einem Schneckenhaus.

Wenn das Leben nur dies sein könnte: ausgebuht und ausgelacht werden auf der Amateurbühne.

Morgens um kurz nach sechs steht ein Onkel am Fahrkartenautomat am Bahnhof und kauft Einzeltickets (für den ganzen Monat?). Eine thailändische Transe lächelt mir zu und lässt mich am anderen Automaten vor.

Die morgendlichen Pendlergesichter (diejenigen, die aus der Nacht kommen und diejenigen, die in den Tag aufbrechen).

Bleib ganz ruhig, du bist bloß die Wolke, die vorüberzieht, die Welle, die auf dem Strand aufschlägt, das Blatt, das vom Wind übers Feld geweht wird; du wirst viel vollbringen, es werden dir Dinge gelingen, von denen du jetzt noch keine Vorstellung hast, aber es wird dir nicht alles gelingen. Bleib ganz ruhig und vergiss nicht zu lachen.

Die tausendjährige Kastanie war aus der Erde gerissen worden, und Teile von ihr standen als totes Geäst auf einem Platz neben einer hässlichen Treppe.

Traurigkeit sank ihn mich hinein und ploppte dumpf aus mir heraus.

Lauf, lauf, lauf, du Hund, und kehre niemals wieder heim.

Seine mühsamen Errungenschaften (die Ruhe, mit der er den Tag begonnen hatte) sahen sich Niederträchtigkeiten der anderen (grundloses Gebrüll am Hauptbahnhof) gegenübergestellt.

Liebe. Sonne. Wärme und Licht (durch den Nebel an Wäldern und Feldern vorüber).

Die Alte, die dem Jungen den Vortritt gewährt und dabei eine Handbewegung macht, als werfe sie einem Bettler im Vorbeigehen ein paar Münzen in den Hut.

Die Alte, die mit dem Rollator in die Bahn kommt, allen in die Beine fährt, und nachdem sie sich einen Platz erstritten hat, die Fahrgäste im Kollektiv beschimpft, sie würden wie angewurzelt rumstehen anstatt behilflich zu sein. Darauf sagt einer: »Wenigstens können wir noch stehen. Du liegst bald nur noch angewurzelt unter der Erde.«

Der schönste Tag in meinem Leben: die Freude in J.s Gesicht, als H. alleine Fahrrad fährt (und ihre Luftsprünge).

Die Spuren, auf denen ich wandle, sind schon nicht mehr meine. Die Füße, die mich tragen, gehören mir schon nicht mehr. Die Worte, die ich denke und schreibe, stammen schon nicht mehr von mir. Der ich hier stehe, bin schon nicht mehr ich. Zwischen 15 Uhr 40 und 15 Uhr 50 war ich für zehn

Minuten noch am Leben, saß in Albrecht Thaers Garten auf einer Bank in der Sonne und atmete. Ich wusste, es würden die letzten Minuten sein, in denen ich J.s Luft atmete und sie meine.

Und in ein paar Tagen?, Wochen?, Monaten? oder Jahren wirst du den Namen eines anderen rufen, und ich höre dich zufällig dabei, und denke, diese Stimme hat doch immer nur meinen Namen gerufen, kann nur meinen Namen rufen, und ich drehe mich zu dir hin und sehe in deinen Augen schon den anderen (und ich kann nur hoffen, ein großes Gewässer in der Nähe zu finden).

»Als er seiner ganzen Kläglichkeit gewahr wurde, gewann er die Achtung vor sich selbst zurück.«
(Peter Handke »Gestern unterwegs«)

Ich schlage meinen Kopf auf das Holzparkett. Selbst der Gute Gott hat sich abgewendet. Wahre Männer wissen, wann sie abzutreten haben.

»Wer Gott vertraut hat wohl gebaut / Herr dein Wort ist meines Leuchte und ein Licht auf meinem Wege / Mit Gottes Hulf fing alles an / So wird dirs wohl und glücklich gahn / Wo Gott zum Haus nicht gibt sein Gunst so arbeitet jedermann umsonst / Gott allein die Ehre«
(Aufschrift an einem Fachwerkhaus in Celle)

Er legte sich hin und schlief. Er schlief mehr und mehr. Irgendwann legte er sich hin und schlief, und er merkte gar nicht, dass er nicht mehr aufwachte.

Das Knacken der Eicheln unter den Schuhen, das leichte Kitzeln der Sohlen. Über mir schüttelt der Wind die Bäume, und ich stehe im Eichelregen.

Etwa 120 Stunden später sitze ich wieder in der Sonne. Ich versuche zu atmen, der Wind treibt mir kalte, frische Luft entgegen (und eine goldene Biene, die sich auf mein Notizbuch setzt). Morgen Vormittag kannst du deine Sachen holen, hat sie gesagt. Ich denke mit Angst an den Neujahrstag.

Die knarzenden Baumstämme und darüber die Rufe der Wildgänse (etwas später der eines Pfaus, obwohl es in dieser Gegend keine gibt). Wo sind denn die Wölfe, die mutigen, die hungrigen? Unten am Fluss stehe ich am Ufer und denke, die Steine haben genau die richtige Größe, um sich die Taschen damit vollzustopfen. Eine Lichtwelle nach der nächsten trifft auf meinen Körper. Ochsen weiden. Dein Duft noch auf meiner Haut. Ich werfe einen Stein anstatt meiner selbst.

Heute beginnt der Epilog meines Lebens.
11.10.2015

Schaue, gehe, lebe mit geschlossenen Augen. Gib dich niemandem zu erkennen, gib dich niemandem hin. Bleib leicht und verzichte auf Ablagerungen in dir und um dich herum.

Diese Sammlung von Notizen heißt jetzt nicht mehr »Aber nur dieses eine Mal«, sondern »Hochzeit mit dem Nichts«.

Geh verloren, endgültig.

All die Worte, das Schreien, Heulen, das Flüstern, Rufen, Hauchen, Glanz und Gloria, Schimpf und Schande, und jetzt ganz plötzlich das Verstummen.

Der silberne Raureif, der wertvoll auf dem Vorgartenrasen liegt, und die reine, eiskalte Luft in meinen Lungen (ich will diese Welt in Frieden verlassen).

Hinter den Bäumen geht die Sonne auf, und über den noch schwarzen Wipfeln leuchtet, erglimmt das Feuer im blassblauen Himmel (und schon während ich das schreibe, steht der Stern kraftvoll und golden am Himmel; der Tag hat begonnen; ich bin allein).

Nicht starr werden, sondern mich umsehen (nicht nach jemandem, nur nach dir).

»Meine Hauptsorge ist, daß es, obwohl noch viel Zeit ist, auf einmal ›zu spät‹ ist.«
(Peter Handke »Gestern unterwegs«)

Die Wolken in den Deisterhügeln, als würde es aus dem Wald herausregnen.

Fahrt mit dem Auto durch die Nacht, ein mir fremdgewordenes Land mit flutlichterleuchteten Dorffußballplätzen, Bausiedlungen, Unternehmensfassaden und sich endlos ziehenden nassen Straßen. Durchs Dachfenster schaue ich ins Nichts und sehne mich nach dem Unglück.

Ohne dass du Konsequenzen ziehst, wird alles sinnlos gewesen sein, also zieh sie, du Judas, bis sich der Hampelmann (das bist du) nicht mehr bewegt.

Seit zwei Wochen bist du jetzt wie ein Verlorener umhergeirrt und hast dich dabei keinen Meter von der Stelle bewegt. Du bist in den Boden eingesunken wie eine Figur von Samuel Beckett und wirst verwahrlosen, bald schon wirst du es geschafft haben, mein Freund, halt durch, bald ist es so weit, bald hast du es geschafft.

An etwas glauben, das mich weitertreibt. Aber ich glaube an gar nichts mehr, umkreise ein letztes Mal die Sonne auf dem Erdensattel, so oder so ähnlich.

Berlin ist zu ertragen und dann auch wieder nicht (ganz und gar, ganz und gar nicht) und du bist es auch und gleichzeitig auch nicht.

Dieser Tag in der Sonne, diese zehn Minuten, ja, mein Leben hat sich danach grundlegend geändert. Ich wusste das. Aber nicht, was es bedeutet.

»When you think that you lost everything
you find out you can always lose a little more«
(Bob Dylan »Trying to get to heaven«)

Er biss große Stücke aus dem Apfel heraus, schlang sie regelrecht hinunter und ließ bloß noch den Stiel übrig, den er behutsam zwischen den Fingern hielt wie etwas Beschützenswertes.

Meinen Körper funktionieren lassen, bis er müde geworden ist. Wie kann ich das wahrnehmen, bin doch selbst gar nicht anwesend gewesen?

Egal, was er tat, es geschah zu ihrem Leid, und das sogar schon, bevor sie einander begegnet waren.

Aus der Wand kommen Worte.

Seit zwei Tagen höre ich die Nachbarn im Treppenhaus kommen und gehen. Aber immer, wenn ich nachsehe, sind sie schon weg. Wie viel Zeit ist zwischen dem Hören und Nachsehen vergangen, Minuten, vielleicht Stunden.

Du wirst vergessen. Das ist dann so, als wäre nichts geschehen. Und es wird auch nichts Neues geschehen. Es wird nichts mehr zu erinnern geben. Und nichts mehr zu vergessen.

Dich hab ich gehabt fürs Leben. Der Rest ist tot.

Du kommst nicht zurück, und ich gehe bald fort (wird dann vor meinen Augen dein Gesicht erscheinen oder der Abgrund?).

Das Geheimnis des Ortes war, dass sich dort nichts ereignete. Aber ich fühlte mich eingeladen und verweilte dort, ließ das Unmerkliche in mich eindringen. Und da entstand, in aller Stille und wie aus dem Nichts, eine Welt, das Geheimnis. (Schrieb ich all das? Und wann? Heute *entsteht* nichts mehr, aber alles *vergeht*.)

Auf einen Zettel notiert, den ich in einer Mappe fand; Vorder- und Rückseite:
(Vorderseite)
Bleiben wir noch etwas hier. / Nein, wir müssen gehen. Es ist nicht hier. / Immer, wenn ich an einem geeigneten Ort ankam, wusste ich: / Hier kannst du nicht bleiben. / Sie hatte etwas Beunruhigendes. / Statt zu sagen: »Dreh dich um, es naht das Himmelreich«, sagte ich mir: / »Geh weiter, das Reich des Todes naht.« / Also komm, auf geht's, gehen wir los.
(Rückseite)
Die Stille: ich lebe. / Die Stille: ich bin da. / Die Stille: ich bin. / Hin zur Stille. / Einzig die Stille. / Wo bist du, Stille? / Meine Stille. / Warst immer gut zu mir, Stille. / Wurde mit dir immer wieder zum Kind, Stille. / Kam mit dir erst zur Welt, Stille. / Bekam durch dich erst Gehör, Stille. / Ließ mich nur durch dich belehren, Stille. / Trat als Mensch zu Menschen nur durch dich, Stille. / … Umfange mich, Stille. / Greif mir unter die Arme, Stille. / Bringe mich zum Schweigen, Stille. / Mach mich empfänglich, Stille. / Ich flehe dich an, Stille. / Über alles du, Stille. / Stille, du bist der Quell aller Bilder. / Stille, das große Bild. / Stille, Mutter der Phantasie.

»Der Schleier, der mir die Straße als Kind verhüllte, war gefallen in den drei Jahren, in denen ich in Berlin lebte.«
(Wieder Benjamin)

Zu meinem Entschluss brauche ich alle Entschlussfähigkeit; der Entschluss, über die Schwelle zu treten.

Und dann brülle ein letztes Mal wie ein Löwe, und dann schleich dich davon und dann

Mittagessen: Panzerotti Romagnola, Rosmarinbrot mit Kümmel und Mineralwasser, 12 Euro, ausgezeichnet, allein gegessen mit gebrochenem Genick, was geschieht nur um mich herum, alles ist Innenwelt.

Das Auto auf dem Pullover des Kindes treibt mir Tränen in die Augen. Nicht mir habe ich das alles angetan, sondern dir und dem Kind.

Man sieht mir nichts an. Eben sagte einer, ich sehe gut aus, erholt und frisch. Als er das sagte, musste ich lachen, aber es blieb mir im Halse stecken.

Ich schreibe und schreibe, aber dann stehe ich vor dir und finde nicht die richtigen Worte, die dich erreichen. Ein Leben mit dir ist größer als jeder Gedanke, den ich zu Papier gebracht habe oder den ich noch zu Papier bringen kann.

Wo ist mein Anfang, wo mein Ende (hin zu einem dieser Punkte)? Einer, der ans Ende gelangt, schreibt dann auch nicht mehr (erst schreibt er nicht mehr, dann lebt er nicht mehr). Ich will versuchen, noch eine Weile zu schreiben, den Hochzeitsanzug mit dem Nichts anlegen und bald still sein wie das morgendliche Meer.

»Die Zukunft wird aus einem langen Schmerz und einem langen Schweigen kommen.«
(Cesare Pavese »Das Handwerk des Lebens«)
Ich bin nichts als die Illusion eines eitlen, idiotischen Menschen, der über etwas schreibt, von dem er nichts versteht,

der lieber den leichten Weg des Gefühls gegangen ist als den, der Berge versetzt. Ich bin nichts als ein hohler Dummkopf (steck eine Nadel hinein und mach Puff).

Loses, zusammenhangloses, banales Zeugs, über Jahre hinweg zu Papier gebracht. Das Leben lässt sich aber auf kein Blatt Papier bringen. Und Papier ist alles, was dir geblieben ist.

Und wenn ich gar kein Liebender bin, sondern nur ein Zerstörer, der das Leben aufspürt, um es dann an all seinen Schwachstellen zu packen und zu zerreißen?

Wenn das Leben nur dies sein könnte: ein Automat, in den man zur richtigen Zeit das passende Geldstück wirft und der daraufhin eine Melodie spielt, in die man einstimmen kann.

Der Schmerz sitzt tief. Steige hinab, betrachte ihn, bewältige ihn und dann komm wieder hinauf. Wenn du das nicht tust, bist du ein Schlagersänger.

Du hast den Weg in deiner Wohnung freigemacht, damit ich gehen kann. Und ich bin gegangen. Und dann hast du mich rausgeprügelt.

Wenn du endgültig fortgehst, dann geh nicht voller Leidenschaft und nicht gleichgültig – geh gelassen.

Hör endlich auf zu schlagen, du mieses Organ, du hast hier nichts mehr verloren, hast keine Aufgabe mehr.

Den Wunsch, noch einmal alles neu zu leben und wahrhaftig zu sein. Aber das Spiel ist aus. Halte jetzt deinen Kopf hin und spanne den Nacken, damit das Messer gut hindurchfahre. Dies ist nichts weiter als die leise Rede eines einsamen Menschen mit sich selbst.

Ich werde nicht als alter Mann im Schaukelstuhl auf meiner Veranda sitzen, den Blick auf das leere Anwesen gerichtet, auf dem nicht mal eine Katze entlangstreunt.

All dies habe ich bereits getan. Ich habe das Leben mitgeschrieben, habe geliebt und bin geliebt worden, habe Freunde gefunden und verloren, habe mich dem Rausch hingegeben und die Erfüllung gefunden. Nun steht mir der neue Weg bevor, einer, den ich nur ein einziges Mal gehen kann (damit alles, was vorher war, nicht lächerlich war).

Ich bin Kolumbus. Ich habe mein Ziel erreicht. Auch wenn es nicht das von mir anvisierte war, ist es doch eine große Entdeckung: das Nichts.

Die Bestätigung dafür, dass ich ein Mensch bin und kein Adam (mit meiner Eva): mein Scheitern (mein endgültiges).

Das Datum in der Zukunft auf einen Spiegel geschrieben, es fehlt noch (aber du kennst es doch; was hindert dich daran, es aufzuschreiben).

Der Platz mir gegenüber in der S-Bahn ist leer, und ich stelle mir vor, du sitzt dort, und ich muss lächeln. Aber sogleich merke ich, der Platz ist leer, du sitzt nicht da (aber ich muss hier sitzen, allein, meine Strafe, alleine durchs Leben gehen).

Mach mich sehend durch den Herbstnebel hindurch und lass mich den Weg erkennen, den ich jetzt gehen muss. Mit wem sprichst du da, mit dir selbst? Dann sag auch: sehen werde ich durch den Herbstnebel hindurch und den Weg erkennen, der für mich zu gehen ist.

Dem zur Sonne strebenden war ein lichtloses Schicksal bestimmt.

Ich habe immer gedacht, ich wäre jemand auf dem Weg nach oben, einer, dem man vertrauen könnte, einer, der Dinge möglich macht. Dabei war ich immer nur auf dem Weg nach unten, ein Falschspieler, Betrüger und Lügner, ein unmöglicher Mensch.

Er folgte dem Licht, das ihm Hoffnung gab. Mit jedem Licht entsteht aber auch ein Schatten, jener der Angst und der Verzweiflung (nach Maurice Blanchot).

Desinteresse an und Ablehnung von allem Halben und Undurchdachten. Komme nicht mehr aus mir heraus. Bauchschmerzen und Kopfschmerzen. So oder so werde ich Berlin bald verlassen und dann wiederkommen zum Leben. Oder zum Sterben.

Als der Zug nach Norden ausfährt, brennt über der schwarzen Silhouette der Stadt der Himmel. Ich staune mit offenem Mund, schaue aus dem Fenster auf das Feuer, sauge die Luft ein und stoße sie aus, als atme ein Berg.

Dein Gesetz, wenn du weitermachst: endloses Umherirren. Du sollst aber noch auf deine Erlösung hoffen, sie zu finden vermeinen, obwohl es dir nicht vergönnt sein wird. Werde kein Starrkopf (halte nur den Nacken im rechten Moment hin).

Ich habe mich verausgabt und erschöpft (sinnvoll und sinnlos, erfüllend und verschwendend), und ich habe nur noch Kraft für einen kleinen Teil meiner Arbeit (denn auch für das Ende brauche ich noch viel Kraft, die meiste).

Im Nebel verbergen sich Häuser, Straßen, ganze Dörfer, Welten. Die Sonne löst den Nebel auf, und ich spüre die Wärme, spüre dich an mir und mich an dir. Lass uns wieder sein.

Sei demütig, arbeite, aber richtig, fluche, aber leidenschaftlich, lebe, aber mit dem Herzen, und liebe, ganz.

Warum ich nicht da sei.
Aber du hast abgesagt.
Dass du gar nicht auf die Idee kommst, ich könnte dich brauchen.
Ich halte dich.
Du ekelst mich.
Möchtest du einen Tee?
Warum hältst du mich nicht fester.
So ging das fort.

Kurzer Stopp der S-Bahn in Lehrte. Auf dem Nachbargleis liegt eine zerrissene, blutverschmierte Kapuze, staubig und verdreckt, leicht zu übersehen auf den Steinen, wie ein Pilz aus herbstlaubbedecktem Waldboden, nur ganz anders.

Starrer Blick auf die Fliesen des Krankenhausbodens; mit Bauchschuss selber eingeliefert; Kaffee trinkend und verschwitzt vom Tag und den Schrecken der letzten Nacht.

Mit Hass allein wirst du es nicht vollbringen. Geh Schritt für Schritt auf dein Ende zu, liebe es wie das Leben. Nur mit Liebe wirst du gehen können.

Das fluoreszierende Moos, das aus den Zwischenräumen der Pflastersteine herauswächst, weich und glänzend, eine Aura um den grauen Stein herum.

Das Weltall lacht über mich. Aber ich sagte ihm: Du hast einen Anfang, du wirst auch ein Ende haben (ich stimme in dein Lachen mit ein)!

Du kannst wieder ganz rein sein. Geh nach Echigo in Japan, lebe unter dem Schnee und bleib dort.

»Beautiful, sobbing, high-geared fucking / and then to lie silently like deer tracks / in the freshly-fallen snow beside the one / you love. That's all.«
(Richard Brautigan »Deer Tracks«)

31. Notizbuch

»Wer jetzt kein Haus hat, baut sich keines mehr. / Wer jetzt allein ist, wird es lange bleiben, / wird wachen, lesen, lange Briefe schreiben / und wird in den Alleen hin und her / unruhig wandern, wenn die Blätter trieben.«
(Rainer Maria Rilke »Herbsttag«)

So lebe ich dahin, im Un-Gemach, nicht aufrecht stehen, nicht ausgestreckt liegen können. Denkt nicht mehr an mich, ich spüre meine Schuld ja selber. Was für eine große Zeit das war mit dir, Liebste, als wir ausgestreckt auf dem Bett lagen.

Schreiben als Beruf und Schreiben als Berufung (bis zum letzten Wort will ich dem Ruf folgen).

Ich kritzel was hin dann
scheint der Mond hell
über mir nichts

Vier Wochen Krankenhaus. Die Abwärtsspirale ging nicht bis zum bitteren Ende (selbst das hast du nicht hinbekommen). Zwanzig Kilogramm Gewicht abgeworfen. Keine Kraft in Armen, Beinen oder Stimme. Der Verlag hat Laxness zur Genesung gesendet (dann lache ich wenigstens nicht nur über mich). Einen Tag vor Weihnachten kann ich diesen trostlosen Ort verlassen. Von jetzt an Tag für Tag.

A dead man talking

Nichts als Erinnerungen

Was ich zu tun gehabt hätte: das Auto beim Arzt stehen lassen, nicht ins Krankenhaus fahren und mich unter eine Brücke an den Fluss legen. Die Nacht hätte ich bestimmt nicht überstanden und wenn doch: mich selbst anschubsen und in den Fluss fallen lassen.

Ich sage: »Hör auf zu atmen!« Aber ich atme weiter.

»I have seen you in various stages of undress / I have seen you through various states of madness / How high your highest of heights? How low are your lows?«
(Great Lake Swimmers »Various Stages«)

Ich reiße meine Wurzeln aus der Erde, damit mich der nächste große Sturm, eine Bö, ein Hauch umwerfen kann.

»Das Jahr ist vorbei –
Was blieb mir? Nur der Strohhut
und die Sandalen«
(Bashó)

Auf der Brücke halt ich inne, schau, woher das Bächlein kommt, und dann, wohin es fließt.
1.1.2016

Schon in der Nacht und auch jetzt am Nachmittag nur noch vereinzelte »Schüsse«, als würde hier und da ein kleiner Mord geschehen, an jemandem, der niemandem etwas bedeutet.

Die Scheißwelt der Phantasie (dass ich das einmal denke und schreibe)! Fass sie mal an, riech mal an ihr. Nichts. Und doch ist sie alles, was mich noch an den Haaren ziehend über Wasser hält.

»(…) Und dann doch fortzugehen, Hand aus Hand, / als ob man ein Geheiltes neu zerrisse, / um fortzugehen: wohin? Ins Ungewisse, / weit in ein unverwandtes warmes Land, / das hinter allem Handeln wie Kulisse gleichgültig sein wird«
(Rainer Maria Rilke »Der Auszug des verlorenen Sohnes«)

Pierre Boulez ist gestorben, gestern, am 5.1.2016 (heute, draußen trockene Eiskälte und Schnee und ein nicht stattgefundenes Treffen mit J.).
6.1.2016

Ich bin jetzt schon nicht mehr Tobias Premper.

I am malfunctioning

David Bowie, oh no!
10.1.2016

Deine Strafe besteht darin, dass dein Schicksal über dich siegt und nicht du über dein Schicksal (und es wird dir alle Luft nehmen, und du wirst ersticken).

Immer und immer und immer wieder das Gleiche denken und tun, jeden Tag, ohne dich; allein sein hat etwas Großartiges, wenn man es gewählt hat, aber wehe, wenn nicht.

Ich erinnere mich nicht nur an alles, sondern an alles gleichzeitig.

»Mal zeigt es die Rückseite,
mal die Vorderseite,
ein Ahornblatt im Fallen«
(Ryokans Todes-Haiku, 1831)

Franco Citti (Accattone) stirbt am 14.1.2016 in Rom. Endlich geht's ihm besser!

Der Schnee legt sich auf die karge Landschaft, eine große, weite Beerdigung (eine weiße auch); die Sonne scheint darüber und wärmt die Toten.

Der knarzende Schnee unter den Sohlen und der in allen Farben funkelnde Schnee (der Sound und die Farbe; David-Bowie-Schnee).

Sunrise
Sunset

Auf der Holzbank im Busunterstand liegt ein vergessener?, noch in Papier gewickelter Blumenstrauß.

»In case things go poorly and I not return
Remember the good things I've done«
(Bill Callahan »Jim Cain«)

Letzte Worte: / Mit den Augen des Lichts / sehe ich dich an, / und durch die Dunkelheit / gehe ich mit dir Hand in Hand; / ich bin jetzt überall, / bin die Luft, / die du atmest, / bin jetzt überall, / wo du auch bist, Liebste, / bei und in dir.

Wenn das Leben nur dies sein könnte: dastehen wie ein Baum unter Bäumen im Wald, und wenn die Zeit gekommen ist, fallen.

Einen Grund finden zum Weiterleben. Nur einen einzigen.

Wieder mit dem Rauchen anfangen und den geschwätzigen Leuten auf den Teller spucken (wofür ist das Blut im Schwanz sonst gut).

Die Stille, die Trostlosigkeit und die Verschwendung eines Doppelbettes, das auf der einen Seite leer bleibt.

Das Zahllose um mich herum und die eine, die mir fehlt.
26.1.2016

»Und er sagte: ›Nackt bin ich aus meiner Mutter Leib gekommen, und nackt kehre ich dahin zurück. Der Herr hat gegeben und der Herr hat genommen, der Name des Herrn sei gepriesen!‹«
(Hiob 1,21)

Weiterleben als *wäre* es möglich, denn es ist ja gerade nicht möglich.

Meine einzige Lebensaufgabe jetzt: die Sinnlosigkeit.

»Die Verzweiflung der Stühle äußert sich im Knarren.«
(Zbigniew Herbert)

Dem Sterbenden muss vergeben werden, wenigstens dem Sterbenden.

Ich esse mein Brot mit Tränen.

Irgendwann bleibt der Kalender auf der einen Zahl einfach stehen.

Und wenn es schon eine höhere Macht geben sollte, so stelle ich mich ihr gegenüber (im Duell, morgens auf einer Wiese) und lasse es darauf ankommen (und der Verlierer sinkt ein für alle Mal ins taunasse Gras).

Das schlechte Karma bereinigen durch eine mutige Tat am Ende.

Einatmen, ausatmen. Und jetzt sterben. Ich lasse euch die Luft. Lebt darin.

»Leute, wenn ihr den Rauch seht,
denkt nicht, es seien die Felder,
die sie verbrennen.«
(Baika, 1843)

Früher, wenn du im Bad hinter mir gestanden und mich angefasst hast, war das, als würde dicker Honig durch meine Adern fließen. Heute fühle ich nichts (sagt sie zu mir).

Hab Muskelkater an Armen und Bauch vom Schlafen mit dir. Niemand weiß das außer dir, und wenn ich mich komisch bewege, weißt nur du, warum.

Dein Haar so lange streicheln bis es wieder scheint.

Hab von dir geträumt. Du hast einen Baum angesehen, in dem Eichhörnchen und kleine Pferde miteinander gespielt haben.

Jeder Schritt ohne dich wie der Gang zum Schafott (meine Lippen fast weiß, zittrig).

Heute morgen bin ich neben dir aufgewacht (ich habe deinen warmen Körper an meinem gespürt, habe an dir geschnuppert und erst dann bin ich aufgewacht). Ich will noch viele Male neben dir aufwachen, bis ich nie wieder aufwache.
15.2.2016

Ich las ein Buch, war aber in Gedanken woanders. Als ich ans Ende des Kapitels kam, bekannte der Protagonist kichernd, er sei nicht richtig bei der Sache gewesen, habe seinem Gesprächspartner nicht zugehört, sei mit anderem beschäftigt gewesen. Ich begann zu kichern.

Halb Sonne, halb Schatten in den Straßen. Ich gehe in der Sonne und denke an dich.

Sie sprang auf wie außer sich und ging händeringend bis in die Mitte des Zimmers, drehte sich aber sofort um und setzte sich wieder neben ihn, so dass ihre Schultern sich fast berührten. Plötzlich, wie vom Blitz getroffen, zuckte sie zusammen, schrie auf und warf sich vor ihm auf die Knie (Dostojewski). Sich auf die Knie vor einem Mörder werfen.

Harper Lee und Umberto Eco sterben am 19.2.2016.

Peter Lustig ist auch gestorben, ich weiß nicht wann. Dostojewski-Lektüre abgeschlossen (Verbrechen und Strafe). Im Zug unterwegs nach Dorfhausenburgstedt (anstatt unterm Zug). Diejenigen Haare, die nicht ausgefallen sind, stehen vom juckenden Kopf ab.

Leben sollst du im Müll und mit ihm verrotten und fortgeschafft werden an einen Ort, an dem alles zu Asche verbrannt wird, die dann ins Abwasser gegeben wird.

Wenn das Leben nur dies sein könnte: leben in sanftem Licht, das von dir ausgeht.

Die Welt in der Abwesenheit des Lebendigen hat keine Augen, keine Ohren, keinen Mund, sie ist blind, stumm und taub (und hat nichts mit Fotografie zu tun).

Und heute Morgen, mit dem Augenaufschlag, erscheinst du vor mir, erscheint Liebe.

Glücklicher Tag heute mit Freunden bei der Gartenarbeit und Schrammen, Kratzern und Schweiß.

Schlimmer Tag heute. Ich komme auf keinen grünen Zweig mehr und auf keinen, der nicht sofort bricht, egal, wie sanft ich auch bin. Meine Stimme berührt dich nicht mehr (das zu hören berührt mich ein letztes Mal, bevor mich nichts mehr berührt).

»Windhauch, Windhauch, das ist alles Windhauch.«
(Buch Kohelet 1:2)

Ich werde mit der Sonne verschmelzen und brennen. Dann ist da Licht.

Die letzten Sonnenstrahlen des Tages; zunehmender Wind in den Köpfen der Grasbüschel; der Kondensstreifen eines Flugzeugs am blauen Himmel ohne das Flugzeug; solche Vögel, deren Namen ich kenne, und solche, deren Namen ich nicht kenne, singen in blätterlosen Bäumen.

Der schlafende Joseph, dem der Engel im Traum sagt, was zu tun ist.

Gianmaria Testa ist gestorben; ich folge ihm auf Umwegen nach (das Schönste im Leben sind die Umwege).
30.3.2016

Seine Fußspuren im Schnee damals vor der Akademie der Künste in Berlin und das davonfahrende Taxi. Heute ist Imre Kertész gestorben.
31.3.2016

Poesie: einen unerträglichen Ort erträglich machen.

Dem Fluss folgend in den Sonnenuntergang hinein, ein Reh am Wegesrand; zwei Gänse am Himmel (wir trafen uns alle zum Abend hin auf der Lichtung).

»What matters most is how well you walk through the fire«
(Charles Bukowski)

Auf dem Weg in den Himmel fuhr ich zur Hölle.

Es sind nicht deine Augen, die mich ansehen und ein Leben lang begleiten, es ist dein von mir abgewandtes Sein.

Frühling: genau die richtige Zeit, um ins Gras zu beißen.

Die Abendsonne versinkt gleich dort hinten am Horizont, neben mir fallen die ersten Kirschblüten; ich lege mich dazu.

Der Wald sieht mich aus tausend Augen an.

Ein schönes Mädchen saß auf einer Bank in der Sonne und las in einem Buch. Ich ließ sie sitzen, lesen und schön sein.

Als die Russen kamen, gab ihnen Vater einen Brief, den Elena, unser Russenmädchen, geschrieben hatte. Meine Eltern hatten sie einst wie eine Tochter aufgenommen und mir war sie wie eine Schwester. Einige der Soldaten blieben ein paar Tage zu Gast bei uns, und zusammen feierten wir den Frieden. Unser Nachbar hatte auch einen Brief von seinem Russenmädchen erhalten. Er wurde von den Soldaten bei lebendigem Leib begraben.
(Vermieterin bei der Wohnungsbesichtigung, 16.4.2016)

Ich vermisse dich von der Leber bis zur Zunge.

Heute war ich in Gedanken immer woanders (da, wo ich nicht mehr sein kann).

Wenn deine Taschen leer sind und du bist besoffen wie Scheiße.

Gerade wollte ich etwas skizzieren, das ich später ausarbeiten wollte (keine Skizzen mehr, kein Später, kein Ausarbeiten).

Sexy motherfucker shakin' that ass in heaven!
(Prince ist tot, 21.4.2016).

Leben und schreiben, leben und nicht schreiben, nicht leben und nicht schreiben, nicht leben und schreiben, du wirst noch eine Zeit leben und schreiben, dann wirst du aufhören zu schreiben, und dann

Bring das hier zu Ende und warte, bis du voller Heiterkeit wieder an etwas Neues gehen kannst.

Ich trage dein Bild bei mir, bis ich nicht mehr gehen kann, bis alle anderen Bilder verschwunden sind (und sind sie das nicht längst?).

Das Gegenteil eines Sängers sein, jemand, dessen Schweigen sich erst ereignet und dann nachhallt.

Dass ich dich nie wiedersehen werde, obwohl wir für immer zusammen leben wollten, ist nicht tragisch, es ist unlebbar.

Bewahre die Haltung, bewahre die Schönheit.

Sich erfüllende Liebe: Ich habe etwas für dich gefunden! (Peter Handke)

Im Angesicht Gottes dazusitzen und mit ihm zu sprechen ist nichts als eine wahnhafte Angelegenheit.

Der Frühling vermag nicht einzuziehen in mein Ausgedörrtsein.

Schau mich an, sprich zu mir, liebe mich, denn noch gehe ich unter diesem Himmel.

Die Blüte der Eichen, der Buchen und der scheiß Birken (wo sind die Palmen, wo die Feigenbäume, wo der Ölberg, wo die Zikaden?).
27.4.2016

»Ach, wie alt ist diese Stunde! …Und alle Schiffe sind fort! (…) Der Palast liegt in Trümmern (…). Diese Landschaft ist ein Manuskript, dessen schönsten Satz man gestrichen hat.« (Fernando Pessoa »Absurde Stunde«)

Es ist zu spät. Zu spät wofür? Zu spät für alles!

Ist das hier bloß Wind zwischen den Seiten, ist es Liebe oder Verzweiflung? Es soll verzweifelte Liebe sein, die vom Frühlingswind fortgeweht wird.

Das Pärchen in der Notaufnahme, das nebeneinanderher humpelte; ich dachte, sie hätten sich vielleicht bei einem Fahrradunfall kennen gelernt und würden nun nie mehr voneinander lassen.

Aus diesem durch und durch Verworrenen kommst du nur durch Langsamkeit wieder heraus; nach und nach kann etwas anderes Gestalt annehmen.

Die Farben des letzten Sonntags: das zarte Rosa des Kirschblütenblattes auf dem leuchtenden Blau meines Wollmantels.

Die größte Herausforderung für mich heute: behutsam mit der Zeit umzugehen.

Wissen bedeutet nichts, wenn es in mir nicht etwas erweckt (das Kindliche, das Staunen, das Plötzliche, das Überraschende, das sich überschlagende Lachen, einen Luftsprung machen, einen Purzelbaum schlagen).

Um mich herum Frieden schaffen irgendwann, in einem Garten, und mich durch das Schöne schützen und durch die Stille.

Ein einziges Atom der Liebe ist allem sonst zwischen den Horizonten vorzuziehen.
(Attar »Vogelgespräche«)

Der leuchtende Rotschopf einer Frau vor dem leuchtenden Grün der Frühlingsbäume in der Morgensonne (mit den Farben entsteht der Tag).

Die Vögel kennen das passende Lied zu jeder Jahreszeit, am Tag und in der Nacht.

Heute Morgen habe ich einen versteckten Zettel, den du mir geschrieben hast, in einem Paar Socken gefunden. Als flüstertest du's mir ins Ohr, konnte ich dich spüren. Der Tag war kaum auszuhalten.

Dort drüben bei der Buche steht ein Bobbycar, und daneben steht kein Kind, und du stehst auch nicht da.

Das Leben allein ist Wirklichkeit. Tu nicht so, als wäre es nur vorübergehend oder ein Traum. Pass auf deine Stirn auf, wenn du etwas zu lange vor der Wand stehst, bring vielleicht ein Kissen an.

Wenn du ein Lächeln auf meinem Gesicht zu erkennen vermeinst, sei gewiss: es ist bloß ein von Trauer zertrümmertes Herz.

Konzentriere dich nicht auf die Dinge, die einen Namen haben, sondern auf jene, die keinen Namen haben.

Noch die eine oder andere Spur in der Landschaft hinterlassen, und dann in ihr auf Nimmerwiedersehen verschwinden.

Gib deine Gedanken an die Zeit auf, schlag dich nicht auf ihre Seite oder auf die Gegenseite, begleite die Zeit.

»Weit entfernt vom Mittelmeer zu leben, ist ein Irrtum.«
(E.M. Cioran)

Wenn du's im Leben versaut hast, versau's nicht auch beim Schreiben.

Nein, du sitzt in keinem Boot auf keinem See, hast kein Paddel in der Hand, da ist absolut nichts in deinem Leben, endlose Weite voller Leere.

Schwerer und schwerer meine Lider (and I look at your face and tears come to my eyes).

Irgendwann wird sich meine Poesie im Verstummen offenbaren.

Und wenn dies nun dein letzter Tag war, hättest du ihn gut gelebt? Ja, nicht mit allen gleich und nicht allen gerecht, aber mit Liebe zu denjenigen, die bei mir waren. Und mit einem Stift in der Hand und gleich mit einem Buch, bis meine Augen zufallen.

Und heute Morgen beim Aufwachen Verwunderung und Enttäuschung darüber, dass es doch weitergeht.

Ich bin nicht gegen die Welt, bin nicht für die Welt, nur gegen mich in ihr.

Möglichkeiten: Einer schönen Frau ein Kompliment machen, auf eine Insel fahren (irgendeine), wieder mit dem Rauchen anfangen, unbeteiligt bleiben.

Es wird etwas sein zwischen »zuviel« und »nicht genug«. Zuviel gesagt, nicht genug gelebt (das nicht gelebte Liebesleben mit dir).

Ich habe mein Gleichgewicht verloren (als im Sternzeichen der Waage Geborener), auf mir lastet das Gewicht der Welt und gleichzeitig hänge ich.

Denk nicht an mich, wenn du Eichhörnchen siehst oder Spatzen. Denk an die Eichhörnchen, denk an die Spatzen.

Da, wo das Licht hinfällt, ist der einzige Ort, an dem etwas Göttliches ist, an dem Leben ist (als wir in Venedig auf dem Kanal fuhren und das Abendlicht auf dich fiel).

Wenn das Leben nur dies sein könnte: wir sitzen zusammen auf einer Bank an der Aller, trinken abgestandenes Mineralwasser und der Kleine heult, weil er sich das Knie aufgeschlagen hat.

Der junge Mann mit seinem Kind im Arm ist ganz langsam und behutsam mit allem (und dadurch wird er sehr schön).

32. Notizbuch

Im Straßencafé saßen eine Frau und ein Mann. Sie erinnerte mich an dich, und er erinnerte mich an mich selbst. Sie sah dir überhaupt nicht ähnlich und er mir auch nicht. Trotzdem glichen sie uns in ihrer Verschworenheit miteinander und gegen den Rest der Welt. Aber dort saßen ja gar nicht diese beiden unbekannten, dort saßen wir in einem anderen Leben. Und wir würden glücklich sein und die Liebe bewahren.

Ich brach alle Tabletten aus der Packung und hielt sie in der Hand. Ich stellte mir die Wirkung in meinem Körper vor, wenn ich sie mit einem Glas Wasser eingenommen hätte. Dann warf ich die Tabletten in den Müll, den ich sogleich hinuntertrug.

Das hier hat nichts mit Unterhaltung oder Illustration zu tun. Das hier ist eine Sensation, die dein Nervensystem attackiert (nach Deleuze).

Nicht vom Leben weggehen, sonder auf etwas zu (auf dich, auch wenn du eine Fata Morgana bist, hinter der nur Wüste ist).

Ein Geräusch sein im unendlichen Himmel.

Weise mir den Weg, Sonne, Kastanie, Pappel, Stöckchen am Wegesrand (wer sonst könnte den richtigen Weg weisen?).

Einst war er ein Junge, dann ein Mann, der geliebt hat (und wie er geliebt hat, mit allem Guten, Schlechten und Hässlichen). Sieh ihn dir jetzt an, wie er wortlos durch die Straßen schleicht und einen Baum sucht.

Nimm Rücksicht auf deine Mutter bis zu dem Tag, an dem du keine Mutter mehr hast (bis dahin lebe, schleife so hin).

Die Erinnerung an meine Sommersprossen, die mir als Kind das Gesicht schmückten, hilft mir, auf das zuzugehen, was vor mir liegt.

Die Tage und Nächte, die es wert waren, gelebt zu werden, liegen hinter mir (immer noch rede ich, als wäre ich hier, aber ich bin längst vergangen).

Wolken entstehen vollkommen lautlos.

»Vom anderen Ufer des Flusses herüber / erreichte uns beide das Läuten der Glocken. / Der Klang der Glocken erreichte uns, / zusammen lauschten wir beide. / Eigentlich wollten wir auseinandergehen, / doch dann beschlossen wir zusammenzubleiben.«
(Ko Un »Blüten des Augenblicks«)

Jetzt still sein und dich lieben, es dir aber nicht mehr sagen und niemandem sonst, und wenn der Moment gekommen ist, an dem du dich nicht mehr halten kannst, es geschehen lassen und abrutschen wie Schnee vom Dach.

Mit dir ist alles möglich gewesen, ohne dich gar nichts mehr (mit dir ist alles Magie gewesen, ohne dich ein Taschenspielertrick).

Denke nicht immer »Jetzt!« und »Sofort!«. Gib dir auch mal einen Monat, ein Jahr, den Rest deines Lebens.

Nach gar nichts streben, nichts erreichen wollen, einfach nur dasitzen und nichts tun.

»Get up you bum!«
(Muhammad Ali ist gestorben, 3.6.2016)

Ich ersaufe in mir selbst. Zieh den Selbst-Stöpsel!

Das Kind ist noch zu klein, um sich den Schuh selbst anzuziehen, und der Vater nimmt den Schuh und hilft dem Fuß ganz vorsichtig dabei, wieder in den Schuh hineinzuschlüpfen (sich ein ganzes Leben Zeit nehmen für ein Kind).

Nach Blanchot: Der Blick in den Himmel ist der Blick ins Unendliche, ins unendlich leere Unendliche (ohne Gott oder sonstige Hoffnung).

Irgendwann hörte die Frau auf, dem jungen Mann mit den Kopfhörern hinterherzurufen und blieb einfach stehen. Sie steckte den Kugelschreiber, den er verloren hatte, als er vor ihr die Treppe hinaufgeeilt war, in ihre Tasche und ging dann weiter, als wäre nichts geschehen.

Eineiige Jungs tanzten über den Gehweg (welch doppelt schönes Leben).

Erkennst du deine Wahrheit, bleibt dir nichts anderes als bald zu erblinden, zu verstummen, zu verschwinden.

Aus der Narkose aufgewacht. Ich kann mich nicht daran erinnern, mir Unterhose, Hose und Schuhe angezogen zu haben. Es muss eine der Schwestern getan haben. Ich frage sie nicht danach.

Ich möchte dich ansehen und dir sagen: Du darfst mich auch ansehen. (Dagegen all das Wegsehen im Alltag, das Nicht-mehr-sehen-Können, das Sich-die-Augen-ausstechen-Wollen.)

»Draußen ein bleierner, fahler, finsterer Himmel: eine Schreckvision.«
(Erik Satie)

An einem kühlen Sommerabend wie diesem sind wir einst unter die Decke gekrochen und haben uns geliebt bis zum Morgengrauen.

Ein Papierschnipsel in der Form eines Und-Zeichens (Ampersand) vor mir auf dem Gehweg. Anknüpfen, ja, aber woran?

Ich habe Angst, nicht sterben zu können (und möchte gleichzeitig für immer leben).

Mach dich auf den Weg nach oben, auf einen Berg, mit nur einem Ziel: nicht mehr herunter zu kommen.

Sommerregen, Sonnenfinsternis, Wolkenfabelwesen.

Auf unbeschreiblich schöne Art hässlich sein. Und damit eine Herrlichkeit erlangen, die sich anfühlt wie das Lutschen kalter Wassermelonen im Sommer.

»I wanna hurry home to you / Put on a slow dumb show for you / And crack you up«
(The National)

»Sein Vater stirbt, während er gerade, zur Kühlung des hämmernden Herzens, ein Glas eiskalten Champagners in einem Zug leert.«
(Stefan Zweifel über Raymond Roussel)

Ich steige nie mit dem linken Bein zuerst in die Hose. Ich trinke meist vor der Arbeit nur ein Glas grünen Tee, obwohl ich gerne zwei trinken würde. Mein Fahrrad könnte ich zur Not selbst reparieren, mein Auto nicht. Morgens zünde ich oft eine Kerze an (hätte ich eine Feuerstelle, sie würde den ganzen Tag brennen). Ich habe keine Schwester gehabt (nur die Sonne). Ich esse nicht Stiel und Kerne von Äpfeln.

»Bemiss dein Tun daran, ob es den Schlaf einer Frau, die bald gebären will, stört.«
(Wendell Berry)

Schimanski und Mücke sind gestorben und zu meiner Enttäuschung habe ich den Georg-Büchner-Preis schon wieder nicht bekommen.
28.6.2016

It's done. Don't let it upset you.

Meine Tage sind Nächte, in denen ich vergeblich versuche, die Sonne aufgehen zu lassen.

»Ich mag diesen Taxifahrer, der durch die dunklen Straßen Tokios rast, als hätte das Leben keinen Sinn. Mir ist genauso zumute.«
(Richard Brautigan)

Das Licht sehen, das allererste, Gottes Freude teilen, als er mich erschaffen hat, mit dir verbunden und eins sein, und jetzt hier allein sitzen und die Worte nicht gefunden haben, die dich halten (wenn ich diese Worte nicht gefunden habe, nach welchen sollte ich jetzt und für was suchen?).

Wie könnte meine Suche nach Erlösung jemals enden (und worin könnte ich jetzt noch Erlösung finden als in der Sprache? Im Verstummen!).

Das Zittern und das Rauschen, deins und das der Blätter, das Flüstern und das Brüllen der Welt, versuch es weiterhin zu entziffern (und über Sprache in dein Leben aufzunehmen).

Eine Zeitlang mitschwingen mit der Welt, mitklimpern, und vielleicht das ein oder andere mitschreiben oder auch gar nichts mehr.

Alan Vega ist gestorben; »*Dream Baby Dream (cause it's all you've got)!*«
16.7.2016

Sitze auf der Terrasse, lese Brautigan (Willard und seine Bowlingtrophäen) und nicke von Zeit zu Zeit in der Nachmittagssonne ein. Esse Himbeeren, die so reif sind, dass sie mir in der Hand zerlaufen, und lecke den Saft von den Fingern. Ein Schmetterling flattert vorbei.

Friedvoller Sonntag mit Freunden in Kanus auf der Oker; summen zum Blues und tanzen; die Sonne steht hoch, wir sitzen im Schatten eines einzelnen Baumes am Feldrand im Gras und essen, trinken zusammen, erfrischen uns dann am Fluss; an den Brücken und Badestellen weiden Dorfjugend und Getier; abdriften in stille Augenblicke der Ewigkeit.

»Trinken, fortpflanzen, lebendig faulen.«
(Derek Walcott »Lotusesser«)

Ein junges Paar saß auf einem Koffer am Bahnsteig. Vor ihnen stand eine Papiertüte aus einer Pariser Pâtisserie. Das lange, blonde Haar des Mädchens fiel ins Gesicht des Jungen, und hinter diesem weichen Vorhang schmatzten die Küsse.

Die Wahrheit? Ich habe van Goghs Ohr (gehabt). Er hat es mir gestern Nacht in meinem Traum gegeben und gelächelt. Aber ich hatte Hunger und hab's mir mit zwei Eiern in die Pfanne geschlagen und verspeist.

Unterstand vorm Hamburger Rathaus. Prasselnder Regen. Eine Frau zieht einen kleinen Schirm aus ihrer Tasche und bedeutet ihrem Mann, sie wolle weiter. Der Mann zeigt verständnislos auf den kleinen Schirm, auf den Regen, wieder auf den Schirm, wieder auf den Regen, hin und her. Dann sieht er die Frau an, und aus beiden platzt das Lachen heraus. Sie spannt den Schirm auf, und Arm in Arm gehen sie hinaus in den Regen.

Pling, pling, pling.

Vor 50 Jahren ist Bud Powell gestorben, am 31.7.1966.

Wie kann das nur gleichzeitig sein: eine blühende Rose und ein Mensch, der leidet.

Das Make-a-wish-Armband, das ich liegen lasse, genauso den riesigen, weichen Badeschwamm und das Kinderspielzeug; das Bruegel-Bild im Kunsthistorischen Museum, das ich mir nicht ansehe; ich bin ein nutzloser, ungewaschener, unrasierter und mutloser Mensch heute morgen in Wien. Und am Ende des Tages schaue ich in den Spiegel, fühle mich schön und wünschte, du könntest mich so sehen.

Der Abwehrspieler, der dem Mittelfeldspieler auf dem Bolzplatz zuruft: домой, домой! (Zurück, zurück!, wörtlich aber: nach Hause, nach Hause!) Mir kommen fast die Tränen.

Abends am Flughafen ankommen und niemand ist da, der auf dich wartet.

Geh mit den neugierigen, geh mit den Kindern, abseits des Weges, hinein in die Wälder, an Flüssen entlang und an Seen. Folge ihrem Staunen.

Ich träumte, dass wir Sex hatten, aber du warst ein dreiäugiger Elefant mit zwei Rüsseln und dem Körper eines Zwerges. Und dann konnte ich mich nicht mehr daran erinnern, wer du wirklich warst.

Mit Madeleine Stowe im Regen am Strand stehen. Und alles, was sie will, spiegelt sich in ihren Augen.

Bobby Hutcherson ist schon am 15.8. in Kalifornien gestorben. Oder ist er doch nur kurz »Out to Lunch«?

Ich werde dich immer lieben, meine Honigmelonenpalme (und wenn meine Worte nicht mehr an dein Herz dringen, was hat es dann noch für einen Sinn, zu schreiben?; die Zunge sollte ich mir auch noch herausschneiden)!

Immer wieder nur der klägliche Versuch, die Worte zu finden, derer es bedurft hätte.

Gnaaaaaaaaaaaaaaaaaaaaaah!

»Es ist unglaublich, dass die angebetete Frau es fertigbringt, zu sagen, ihre Tage wären leer und qualvoll, aber daß sie nichts von mir wissen will.«
(Cesare Pavese »Handwerk des Lebens«)

Um leben zu können, muss ich diejenigen, die mir alles bedeuten, vergessen (und das soll Leben sein?).

Ich habe dir alle Worte der Liebe gesagt, die ich kenne. Ich werde sie niemand anderem sagen. Sonst hätten meine Worte für dich keine Bedeutung gehabt.

Ich bleibe nicht Kind, und ich werde nicht alt. Ich werde mich erübrigen.

Ich habe nie gedacht »Du bist mir wie ein Sohn«, sondern »Mein Freund, mein Sohn«.

Ich hatte gedacht, ich wäre meinen Zorn losgeworden. Und als ich ihn gegen mich selbst richtete, richtete ich ihn auch gleichzeitig gegen dich (denn wir waren eins).

Don't think twice
It's not alright

Man befreit sich nicht von einer Sache, indem man sie vermeidet, sondern nur, indem man durch sie hindurchgeht. Zugleich steht fest, dass der Sinn deines Lebens nur der Aufbau sein kann (Pavese); und dann hast du in einem Moment alles eingerissen, hast dir selber den Kopf abgeschnitten und irrst nun umher, ohne sterben zu können (du gehst wieder und wieder hindurch, aber Erkenntnis allein führt zu nichts).

Der einzige Ausweg: ein anderer werden und alles vergessen (deinen Namen, deine Familie, Freunde und vor allem: dein Schreiben). Nur von dort aus kann es weitergehen.

Was ich nicht noch alles voller Liebe anstellen wollte mit dir.

Es ist verwirrend, wie oft ich mich zu dir umdrehe, und du bist nicht da.

»Es gibt nur eine Freude: die, lebendig zu sein; alles übrige ist Elend.»
(Pavese Pavese Pavese)

Sich seinem Ende ergeben wie man sich seinem Anfang ergeben hat.

Ich danke euch allen und verfluche niemanden als mich. Aber denkt nicht zu lange über alles nach.

Das Licht der Straßenlaterne ist gerade eingeschaltet worden, die Kirchturmuhr schlägt mittlerweile neun und die Frauen und Männer haben verlernt, wie man sich zusammen langweilt.

Unsichtbar durch die Straßen irren und denken, dass nichts und niemand außer dir existiert.

Leben, als existierte sie nicht, als habe sie niemals existiert und würde niemals existieren. Leben, als existiertest du nicht, als hättest du niemals existiert und würdest niemals existieren.

»Man tötet sich nicht aus Liebe für eine Frau. Man tötet sich, weil eine Liebe, irgendeine Liebe, uns in unserer Nacktheit enthüllt, in unserem Elend, unserer Wehrlosigkeit, unserem Nichts.«
(Cesare Pavese)

Ich mag den Geruch, der mir auf den Treppenstufen der Berliner U-Bahn entgegenweht.

»Folge deinem Herzen!« (Glückskeks)
Also ins Verderben.

Als hätte die Sonne mit einem Mal all ihre Kraft verloren.

Sei mir nicht fern, denn die Not ist nahe, und niemand da, der hilft (gib mir einen Grund, auf dem ich fest mit beiden Beinen stehen kann, die Faust zum Himmel gereckt oder mit offenen Armen für mich selbst und bald auch wieder für jemand anderen).

Adieu, Pavese! (Lektüre von »Handwerk des Lebens« beendet. Ich habe immer gedacht, es sei mein letztes Buch. Ich habe mich geirrt.)

Ich sehe den Regen nicht, es ist noch zu dunkel. Aber ich kann ihn hören. Vereinzeltes Husten aus der Nachbarwohnung. Kein Licht, kein Meer, keine Frau und kein Kind.
22.10.2016 (42 Jahre alt)

Alles dünnes Eis unter den Füßen und auflauernde Tiger.

Alle Männer, die nach München fliegen, tragen Schnurrbart. Mich eingeschlossen.

Heimweh nach dir, voller Zärtlichkeit, voller Zorn. Ich stelle mir vor, das Leben nach und nach zugrunde gehen zu lassen. Eine Freundschaft hier liegen lassen, eine andere dort vergessen, in älter werdenden Klamotten und mit längeren Haaren rumlaufen, vereinsamen, bis alle Wärme aus meiner Welt gewichen ist.

Wir stehen am Strand. Schwache Wellen schlagen vor uns auf und kühlen unsere Füße. Am Horizont die Sonne. Ich sehe dich an, und du merkst es und lächelst.

Deine Hand in meiner, stehen wir am Strand, und der Kleine plantscht im Wasser und quiekt fröhlich vor sich hin. Unser Atem vermischt sich mit der salzigen Luft vom Meer; du leckst deine Lippen und dann sanft über meine.

Am Meer. An deiner Hand. Unsere Füße versinken im Sand. Der Kleine spritzt uns nass.

Ich sehe das Meer vor mir und die Sonne am Horizont. Deine Hand greift nach meiner, und das Wasser umspült unsere Füße. Von hinten umarmt der Kleine mein Bein.

Die schludrige Lässigkeit der jungen Frauen in zerrissenen Jeans, die schwungvoll ihre Haare hin und her werfen.
6.11.2016, Florenz

Ich stehe am Meer und halte deine Hand. Ich darf dich ansehen, und deine Haare strahlen golden in der Sonne. Dein Atem und das Meer, sie sind ein und dasselbe.

Im Gewächshaus gejätet und die Fensterscheibe mit D. wieder eingesetzt, Radieschen gesät, Schnecken aus dem Beet gefischt und den Abhang runter geworfen (kleiner Garten, großes Glück).

Das Leben ist ein verwesender, stinkender Kadaver am Rande eines abgeholzten Waldes.

Am Strand. Bin ich das, den das Wasser berührt? Meine Hand greift ins Leere. Kalte Sonne.

Der Novembernebel schlängelt sich durchs Tal zu auf die Olivenpflücker, die ihre Netze unter den Bäumen ausgebreitet haben. Etwas weiter den Hügel hinauf bellende Hunde, und aus dem Wohnwagen steigt gleichmäßig eine schmale Rauchsäule auf.
7.11.2016, Umbrien

Heute hast du gearbeitet und dich schmutzig gemacht. Du bist jetzt einer von ihnen.

Ich erinnere mich an den Olivenregen, als ich im Baum zwischen den Zweigen und Ästen stand und die Früchte auf mich herabrieselten.

Ein neuer amerikanischer Präsident ist gewählt geworden. Und dann sind noch ganz andere Dinge passiert: Elvira ist beim Erdbeben letzte Woche in Amatrice verschüttet worden; L.s schmutzige Wäsche ist aus der Kapelle gestohlen worden. W. ist nur kurz Zigaretten holen gegangen, und als er wiederkam, waren zwölf Puddings aus dem Kühlschrank verschwunden. Dunkelstes Mittelalter. Und jetzt lasst uns tanzen.

Stockfinstere Nacht. Wir halten uns an den Händen. Ist das Sand unter meinen Füßen und vor mir das Meer?

Die Nekropolis (Totenstadt) der Etrusker und Römer im Gegensatz zu unseren Friedhöfen, die als Gärten angelegt sind. Alles verschwindet.

Begleiter der letzten Tage: morgens der Nebel und die Sonne und nachmittags der Regenbogen.

Vorne an den Läden wehen glorreich die Fahnen, und hinten auf dem Parkplatz kommt man kaum durch die Schlaglöcher.

Ruhige, schwere See. Ich stehe allein am Strand. Die Welt ist weit, ist Land, Wasser und Horizont.

Ich denke nach, und daraus entsteht nichts als Leere, Traurigkeit und Verachtung.

Der Nebel füllte das Tal aus wie einen See. Als blickte ich in die Zukunft, in der alles verschlungen worden war.
13.11.2016, unterhalb von Montegabbione

Ich sauge an der Zitze der Wolfsmutter. Und dann gründe ich Rom und herrsche über die Welt, bis sie mich erschlagen.

Er atmet ein, und alle anderen sind plötzlich verschwunden, haben sich in Luft aufgelöst. Oder haben sie vielleicht niemals existiert? Er darf nicht vergessen auszuatmen, und plötzlich geschieht ein Wunder: Sie sind wieder da. Er atmet ein, und sie bleiben da. Er atmet aus. Nichts. Also alle noch da. Wie kann das sein? Er atmet ein und hält die Luft an. Entweder sie gehen oder er.

Ich stehe am Meer, die Füße ein Stück im Sand versunken. Warum ist da keine Hand, kein Atmen, kein Gesicht und kein Körper neben meinem? Die Flut kommt.

Mose Allison ist gestorben; »*your mind is on vacation and your mouth is working overtime*«; leichter, schöner Vogel.
15.11.2016

Durch das schmutzige Zugfenster schaue ich auf eine Insel in einem See unter wolkenlosem Himmel.

Große orangefarbene Khakis an den Bäumen, immer noch nicht reif zur Ernte.

Beim Auspacken finde ich in einer Hosenfalte eine Olive.

Die Stille (und die Ruhe, die von innen kommt) in den Hügeln Umbriens und dagegen das heillose Durcheinander der Geräusche und der Körper in der deutschen Provinzstadt.

Es war so dunkel in den Straßen, er hatte Angst, blind zu werden (wie sollte er hier einer Menschenseele begegnen, und wie sollte er von hier aus wieder nach Hause zurückfinden).

Ich erinnere mich an deine Hand hinten in einer meiner Gesäßtaschen auf unseren Spaziergängen.

Jetzt waren sie beide steinalt geworden. Er rief sie an und sagte, er sei allein geblieben seit damals. Aber sie lädt ihn nicht zu Tee und Keksen ein. Sie verzeiht ihm auch nach all den Jahren nicht.

Er hielt nicht an, um sich eine Notiz zu machen, nicht im Lichtkreis einer Straßenlaterne, nicht im Neonröhrenlicht eines Schaufensters. Er ging nach Hause, legte sich aufs Bett und hielt still.

Er dachte die lächerlichsten Dinge, wenn er seinen Blick nach oben richtete: Du bekommst meine Haare, meine Zähne, Ohren, was von den Fingernägeln noch übrig ist, du bekommst eine Niere und ein Auge, aber bitte mach meine Sprache wieder gut.

Die Wohnung ist ein vergessener Friedhof. Nichts und niemand, der dem missglückten Tag eine Wendung geben könnte. Erfüllt von Unerfülltsein.

Nichts hast du. Kein Licht in deinem Herzen und kein Erbarmen. Du bist ein Monster.

Wo Liebe, da Friede.

Auf dem Esel stand der Hund, auf dem Hund stand die Katze und auf der Katze der Hirsch, von einem Auto angefahren, blutend und röchelnd, wild den Kopf und das Geweih schwingend, und darüber flatterte der Hahn um sein Leben.

Heute sehen alle aus wie Taschendiebe (und das sind noch die freundlichsten).

Das Geheimnis für alles: der richtige Zeitpunkt.

Magnus Carlsen besiegt Sergei Karjakin in den Tiebreaks um die Schach-Weltmeisterschaft, und mir ist so kalt, dass die Knochen brechen.
30.11.2016

Entschuldigen Sie, aber ich habe gerade keine Zeit; ich bin damit beschäftigt zu sterben.

»I'm gonna leave you woman, before I commit a crime / You tried so hard to kill me, woman it just was not my time«
(Howlin' Wolf, »What a Woman«)

Ich hatte die ganze Nacht kein Auge zugemacht, und am Morgen hörte ich erst, wie die Therme ansprang, dann kam die Müllabfuhr und als sich beide ausgestottert hatten, hämmerte ein Schlagbohrer los.

Was noch nie eine Frau zu mir gesagt hat: »Sie sind Dichter? Wie schön, mit einem Dichter wollte ich schon immer mal schlafen.«

Frühstücksauswahl im Schwarzen Café: Casablanca, Erste Liebe, Späte Liebe, *Love on the Run.*

Der Schreibende ist niemals allein. Er ist immer mit den Ästen und Wegen, mit dem Wind und dem Fluss, er ist durch seine Sinne mit der Welt verbunden (und die Welt ist unendlich).

In meiner Hoffnungslosigkeit war ich ganz ruhig. In meiner Ruhe wurde ich hoffnungsvoll.

»When no one is around, love will always love you«
(Cat Power)

Ich kann das Leben verstehen ohne zu wissen, was es bedeutet.

Kreuzworträtsel. Frage: Holzfällerwerkzeug? Antwort: Axt (für das gefrorene Meer in uns).

Gehe durch den Regen, / die Tropfen glänzen an / meiner Jacke, meinem Schal / ich sing was vor mich hin / mir ist ganz warm.

Zu viel, zu schnell.

Eingegraben in einem Erdhügel oder in einer Mülltonne hausen (der missglückte Tag).

Ich trinke ein Glas gekühlte Krokodilstränen (trauriges Mittagsessen).

Ich mag alles an Äpfeln, wie sie duften, ihre unterschiedlichen Farben und Formen, die süßen und die sauren, wie ich auf die Kerne beiße oder zum Schluss den Stiel ausspucke.

Ein Stück Aluminiumpapier liegt verknickt auf dem Gehweg und erinnert an eine Schnecke (*The Hungry Eye*). Langsamer, mach alles noch langsamer.

Das Leben ist lang, und die Wege sind weit, genau wie der Himmel über mir. Geh weiter.

33. Notizbuch

An den Rändern, auf der Schwelle ereignete es sich. Was? Die Veränderung, der Übergang, und er nahm ihn wahr, Beginn der Alpen von München Richtung Florenz.

Es waren einmal zwei Verliebte in Venedig, und sie waren die einzigen beiden Verliebten – nicht nur in Venedig, sondern auf der Welt. Unter ihm liegt die Stadt im Meer, und er lacht mit dem einen und weint mit dem anderen Auge. Einst liebte sie ihn. Jetzt nicht mehr. Und er im Flugzeug wie zwischen den Zeiten.

Weihnachtsdekorationen im frühlingshaften Florenz. Das unsägliche *Alle Jahre wieder* tönt aus dem Radio einer Pizzabude.

Ich sang ihr Lieder auf den Anrufbeantworter, und als sie nicht reagierte, fühlte ich mich wie Romeo, der sich im Fenster seiner Julia geirrt hatte.

Auf ihren Rucksack waren aufgeschnittene Wassermelonen gedruckt, und plötzlich schlug mein Herz schnell und laut und ich dachte, dass sie das vielleicht hört. Aber als ich ihr zulächelte, erschrak sie und zuckte zusammen, als hätte sie ein Gespenst gesehen.

B. sagt, Kierkegaard habe täglich neun Stunden geschrieben. Allerdings habe er auch einen Buckel gehabt.

Auf dem Giebel der Töpferwerkstatt zementieren D. und ich fünf kleine Männchen aus Ton ein, die uns in den letzten Tagen auf die Nerven gegangen waren mit ihren Beschwerden, es werde ihnen langsam zu unsicher da oben, ob das Wetter umschlägt. Als wir fertig sind, schauen wir zum Dach hinauf und sehen ihre Köpfe hervorlugen. Sie flüstern kurz etwas, dann sind sie still und schön in der Sonne.

Heute Nacht war es so kalt, dass ich beinahe geweint hätte. Eine Frostperle rollte meinen Rücken hinunter, und vom Klappern meiner Zähne zitterte die Landschaft, als wäre ich eine Naturkatastrophe.

»Nerz macht hässliche Frauen attraktiv und hübsche Frauen geradezu verwirrend schön. Ich bin ganz verwirrt.«
(James Hadley Chase »Mord am Canale Grande«)

Die Sonne ist die Hand, die durch die Wolken greift und sich auf die Häupter legt.

Aus Angst, Wut und Enttäuschung werden Ruhe und gleichmäßiges Atmen.

Der Naturverbundene, der nach dem Heumachen ein Huhn schlachtet (mit den Zügen eines Heiligen und eines Affen gleichzeitig).

Mit den ersten Sonnenstrahlen aufstehen und in Unterhose und T-Shirt draußen stehen und den Tagesanbruch bezeugen.

Der Idiot: Zuhause schrieb er einen Essay über die Stille, und unten auf der Straße geriet er zwischen all den Menschen durcheinander und begann zu schreien.

Den letzten Abend allein verbringen, lesen, schreiben, die Freunde sitzen unten in der Küche. Ich sehe von meinem Buch auf, und die Welt ist verwandelt.

Als du geboren wurdest, warst du nicht schmutzig. Als du gegangen bist schon.

Besuch aus Paris, und sofort ging ich in Gedanken wieder die Rue Rivoli entlang und bog ein zum Vogesenplatz.

Ich kenne den Weg nicht. Komm und geh ihn mit mir!

Die zitternden Zypressen und die schwankenden, besoffenen Seemänner.

Welche Geschichte würde jemand anhand meiner Reisetasche erzählen (schmutzige Schuhe, erdverschmierte Hose, drei Spielzeug-Plastikkamele, ein kleines Messer), und hätte diese Geschichte an irgendeinem Punkt etwas mit mir zu tun?

Wege gehen, die etwas bedeuten (zum Holz, zu den Kräutern, zur Liebe, zu dir).

Wenn ich dir nicht schreibe, bedeutet das nicht, ich würde nicht an dich denken. Ich denke neun Tage in der Woche an dich.

Wind durchfuhr die Äste des Walnussbaums, die Blätter der Palme und des Jasminbusches, das Gefieder der Hühner und sauste mir um die Ohren.

In einem Moment noch auf dem Stuhl sitzen. Und irgendwann müde werden, einschlafen, vom Stuhl fallen und die Farbe der Erde und des Grases annehmen.

Über Nacht ist die Sanftheit aus dem Licht gewichen (kalter Wintertag mit scharfem Licht).

Später am Abend. Sitze vorm Ofen und spiele mit Fingern und Füßen. »Ja, du bist lebendig. Ja, du bist ausgefüllt bis obenhin. Womit? Mit nichts als dem, was dich umgibt, der Luft, dem Feuer, dem Land.«

Der nächste Morgen. Ich stehe in der Sonne, und aus meiner Hosentasche dringt ein seltsames Summen. Als ich hineinfasse, fliegt eine Hummel heraus, um mich herum und dann über die Brombeeren hinweg.

Das verschiebbare Fenster auf dem Wandkalender stand auf dem 27. August 2013. War das ein besonders guter oder ein besonders schlechter Tag gewesen?

Ist das meine Stimme, die dir zuflüstert, mich anzurufen? Mir ein Zeichen zu senden. Eine Kurznachricht aufs Telefon, eine Sternschnuppe, ein Erdbeben oder einen Meteoriten, das kleinste Zeichen.

Die Stimmen der anderen nicht hören müssen, meine eigene Stimme nicht hören müssen – beim Lesen.

Schweigend ins neue Jahr gehen.

Der mir liebste Besucher ist das Rotkehlchen. Es landete auf der Türklinke und pickte Käfer aus dem Türrahmen. Dann kommt es auf Schrittnähe heran und fordert mich heraus: Nun erzähl doch schon davon, erzähl!

Solange ich mich für etwas begeistern kann, halte ich die Tage auch aus.

Der Sonne zugewandt, fühlte ich mich warm und lebendig. Der Sonne abgewandt, fühlte ich mich kalt und tot.

Dass du wieder ein neues Jahr beginnen willst. Erinnere dich: Heute ist der Tag, an dem du enden wolltest.
1.1.2017

Als Scarlett Johansson und ich jung waren (*just like honey*).

Ich spreche den Hund mit dem Namen seiner Mutter an.

Einer der Schafhunde begleitete mich den Hügel hinauf, und den ganzen Weg mit uns ging ein anderes Tier unsichtbar im Gebüsch (der Hund wusste sicher, was für ein Tier das war).

D. kam mit einem meterlangen Baumstamm, zwei Hand breit im Durchmesser, in die Küche und legte ein Scheit in den Ofen. »Das wird schön mollig«, sagte er.

Wo ist mein Berg, auf den ich gehen kann, um dort noch eine kleine Weile zu sitzen und dann zu sterben?

Manchmal die Vorstellung: Erst wenn ich verschwunden bin, kann die ganze Welt wieder glücklich und in Frieden leben.

Die – fing ich den Satz an, aber als ich etwas später aufs Blatt sah, wusste ich nicht mehr, wie es weitergehen sollte.

Ins öde, wüste Land ohne Sprache, und alles in dir sagt »nein«. Ins weite Land mit offenem Herzen, und alles in dir sagt »ja«.

Nebel im Tal unter Citta della Pieve. Vereinzelte Sonnenstrahlen brechen durch die Wolken und setzen Lichtungen frei.
2.1.2017

Das umbrische Hutzelmännchen, das sich verstohlen umschaut, bevor es den Müll in einen Container am Straßenrand wirft. Ich winke ihm zu und lache, und es grummelt etwas in meine Richtung, lässt den Kopf sinken, steigt ins Auto und fährt davon.

Sieh es doch ein, niemand will Tee servieren (auf die Bestellung »Un Tee« immer dieselbe Antwort »Tä?«). Und in jeder Bar läuft fucking Coldplay. Aber in der Bar Pippo eine hübsche Italienerin mit kurzen blonden Haaren, großen Augen und rauchiger Stimme (Scarlett J.).

Ein Jazzclub in Rom mit dem Namen »Alexanderplatz«. Wie nennst du deinen Laden? Chez Alain. Wegen Delon. Dago's Dago. Wegen Vater. Fiasko. Wegen Imre.

»Das is schon ne Sache: Ne Frau, die gut redet und weiß, was sie redet.«
(Lino Ventura »Ein glückliches Jahr«)

»Entschuldigen Sie, aber ich kann bei einer schönen Frau nicht ernst sein. (...) Wollen wir ihm (dem Ober) eine Freude machen? Entschuldigen Sie, haben Sie auch Zimmer?«
(Claude Lelouch »Ein Mann und eine Frau«)

Ins wollene Unterkleid des Heiligen Franziskus schlüpfen, dann in seine zusammengeflickte Kutte und Schlappen und schließlich über die Hügel in die Wälder hinein.

Auf Giottos Fresken waren die Säulen von Stoffen umschlungen. Heute sind die Säulen bemalt mit Mustern, die auf den Fresken zu sehen sind.

Aus einigen Fresken (welches Malers?) ist das Weiß gewichen. Die Figuren haben dadurch ganz schwarze Gesichter bekommen. Postmodernes Endzeit-Mittelalter.

»Du gehörst ins Gefängnis«, sagte sie, »damit du deine Negativität und Bösartigkeit nicht mehr verbreiten kannst.« Stillschweigend nahm er es hin und ging zu Bett.

Die Rauchschwaden von verbrennendem Laub schlängelten sich über das Dorf, und darüber hinweg flogen drei Gänse.

Bau mir nach meinem Tod zu Ehren eine Kirche, zünde sie an und halte das Feuer Jahrtausende am Leben.

Vom Berg hinab ins Dorf kommend, mussten wir an einer roten Ampel stoppen, und ich fragte mich, welcher ruchlose Mensch sie an diesen überflüssigen Ort gestellt hatte.

Der Raum, den ein Lebender braucht, und der Raum, den ein Toter braucht.

Die leuchtend roten Haare der Frau und die funkelnde Glatze ihres Kojaks (später dann die weißen Kämme der Berge und die roten Hahnenkämme).

Ich bin auferstanden, aber wozu? (Um mir im weiten Land einen Platz zum Sterben zu suchen.)

Auf direktem Umweg querfeldein.

»Sie sind schlau und anpassungsfähig.« (Glückskeks) Ich bin das genaue Gegenteil.

Dies ist nicht Amerika, dies ist Deutschland: Heute ein Niemand, morgen ein Niemand! (Shalalala)

Wenn das Leben nur dies sein könnte: ein Schluck kaltes, klares Wasser und der Blick auf den Fuji.

I AM BLUE AND I AM WELL

Die einzig zulässige Allegorie für die Eroberung des Nutzlosen neben Werner Herzogs Schiff, das er über einen Berg gezogen hat, ist schlicht ein einfaches Schnitzmesser, in die Erde gerammt.

Die Steinchen da auf der Straße sind für alle da. So begann der Gedanke. Und weiter: Genau wie die Äpfel am Baum, die Maiskolben, die Wiesen, ein Lächeln, die Liebe, die Jahreszeiten, der Wind, der Schnee, der alles zudeckt, die Fluten, die Krankheiten und der Tod.

An einem eiskalten, von Sonne gefluteten Januartag im Schatten heiraten.

Den großen Schmerz durch einen kleineren ersetzen (auch so kann das Leben weitergehen).

Sie war so verwirrt, dass sie versuchte, ihre dritten Zähne als Essstäbchen zu gebrauchen (einst war sie die Liebe seines Lebens gewesen, und vergeht Liebe denn jemals?).

Du wirst wieder in die Falle gehen, einer Frau, einer Idee, einer Stadt, einem Land, einem Duft; du bist schon in viele solcher Fallen gegangen (*you don't think before you jump*).

Mitternacht ist vorbei, und die Heizung ist kaputt. Ich bin nicht nackt, liege nicht auf dem Teppich, draußen singt keine Nachtigall. Ich habe jahrzehntelang gebraucht, um so allein zu sein wie in diesem Augenblick. Wie hübsch du warst gestern in dieser hellen Nacht.

Schreiben und töten sind immer dann am schönsten, wenn es im Stillen getan wird.

Ich fand einen Zettel, auf dem ein paar Sätze standen:
Wir waren jung, und wir machten Fotos von uns. So wie andere vor uns jung waren und nach uns sein und Fotos voneinander machen würden. Wie jung wir doch waren.
Würdest du lieber Judas oder Jesus sein wollen?
Ich habe keine Ahnung von Fußball. Ich könnte einen Fußball nicht von einem Stück Scheiße unterschieden.

»Ach, könnt ich nur alle Menschen auf einmal sein.« (Fernando Pessoa).
Man fühlt sich immer nur ganz plötzlich alt.
Ich mag Filme, in denen Spinnen die Weltherrschaft übernehmen.
Was schläft hinter diesen vernagelten Fenstern?
Ich würde dir gerne mit einem stumpfen Gegenstand das Gesicht zertrümmern. Oder dich jetzt küssen. Mich so oder so erlösen.
Die Flamme bedauerte das Holz.
Ich weinte mit einem Auge.
In acht Minuten kann ich über neunhundertmal deinen Namen flüstern, nur fünfhundertmal, wenn ich dich dabei verfluche.

Aber nur dieses eine Mal: um die Hand einer Frau anhalten, wirklich lieben und an Kinder denken. (J.)

Dieses Buch soll jetzt nicht mehr »Aber nur dieses eine Mal« oder »Hochzeit mit dem Nichts« heißen, sondern »Neujahrestage«.

Das zuletzt Notierte nehme ich zurück!

Adieu sagen zu den Tagen, die voller Liebe gewesen wären, und zu denen, an denen du mich für irgendetwas gehasst hättest.

Dieser Eintrag nur, um nicht zu sprechen von dem Unaussprechlichen.

An jedem weiteren Roman, den ich schreibe, könnte ein Mensch nur ersticken.

Du kannst dich nicht hinstellen und jemanden, den du verachtest, anschreien: Stirb! Du musst deine Haltung ändern. Entweder umarme oder töte ihn.

Der hässliche Sorgenvolle. Der sorglose Hübsche.

Was gehen mich die Toten in der Ferne an? Alles!

Ich erinnere mich an den Sommer von 1984, als ein Mädchen und ich aus dem Fenster des Ferienhauses geklettert und zum Strand gelaufen sind, Händchen haltend, noch ohne uns zu küssen.

Es war so voll im Zug, dass er nur auf einem Bein stehen konnte und beim Halt aus dem Fenster aussteigen musste.

»Ihr seht alle so gut aus und ich halt es nicht aus«
(Tilman Rossmy, Die Regierung)

Die Möglichkeiten meiner Sprache führen mich zu meinen Lebensmöglichkeiten. Wenn meine Sprache versagt, erodiert auch mein Leben.

Manchmal überlebenswichtig: Dass da jemand ist, der einem auf den letzten Stufen im Treppenhaus die Einkaufstüte oder das Kind abnimmt.

I don't know how you do it. You look like a million bucks in the morning.

Wenn du mich suchst, ich bin leicht zu finden: im Sonnenlicht.

Eine leergeregnete Wolke, ein abgeklungener Windhauch.

Eine Möglichkeit zu verschwinden: An verschiedenen Orten in der Stadt beiläufig Habseligkeiten abstellen und ganz zum Schluss den Personalausweis in einen Mülleimer werfen.

Die eine Minute am Tag, in der die Mutter zwischen Arbeit und Kindergeburtstag Ruhe hat, bevor es an der Tür klingelt.

Das Kind sitzt neben seiner jüngeren Schwester und zeigt ihr, wie vorsichtig sie die Puppe halten muss.

Heute ist Derek Walcott gestorben. Eines seiner Gedichte hat mir mal das Leben gerettet.
17.3.2017

I'm walking the cow (ich führe die Kuh spazieren).
Die Kuh hat Hunger (ich auch).
Ich will Milch (die Kuh auch).
Der Spaziergang ist vorbei (*but it's not over until the fat cow sings*).
Epilog: Ich liege im Stroh und schlafe (die Kuh ist tot).

Chuck Berry ist gestern gestorben (der Vater des Rock and Roll).
20.3.2017

»I've been in trouble since I set my suitcase down«
(Bob Dylan »Mississippi«)

Ich stand mir selber im Weg in den engen Gassen, und weit und breit niemand zu sehen, den ich anrempeln könnte oder Schlimmeres.

Dem einen haben sie das Auge rausgerissen, einer daneben hat sich vor Angst in die Hose gepisst und noch ein anderer steht ans Geländer gelehnt und trinkt gelassen sein Bier in der Sonne.

Er hasste es, allein zu essen, wieder und wieder, jeden Tag.

Er sagte, dass er es ironisch gemeint habe, und dann, dass selbst das ironisch gemeint sein könnte, und sie fragte: »Was?«

Eine Miniatur ist wie ein Land, in das man reist, wie eine Insel, auf der man landet, um kurz die Fantasie ausufern zu lassen, bevor man sich wieder auf den Weg macht (wenn man denn einen hat).

Die, die immer alles wissen, und die, die keinen Schimmer haben, sind oft dieselben.

Wenn man sich stumm gegenübersteht und plötzlich nicht bloß zwei Stimmen miteinander sprechen, sondern zwei ganze Körper, von oben bis unten, als würden die Haare, die Augen, der Ausdruck, die Gesten mitreden (nach Roland Barthes).

Wiederhole Begriffe wie »gut«, »schlecht«, »perfekt« oder »misslungen«, bis sie aus deinen Gedanken gewichen sind. Tu alles bis zur Erschöpfung, bis du erschöpft bist, bis es sich erschöpft hat.

Dein Kern, bestehend aus nichts.

Er blieb im Café sitzen, bis sich auch der letzte Platz geleert hatte.

»Wenn jemand euch (…) nach dem Sein fragt, so antwortet mit dem Nichtsein. Wenn er euch nach dem Nichtsein fragt, so antwortet mit dem Sein. Wenn er euch nach dem gewöhnlichen Menschen fragt, so sprecht ihm von den Weisen, und so weiter.«
(Aus dem Buddhismus)

Ich stand in der Frühlingssonne und vergaß die Zeit. Oder vergaß sie mich?

Er warf einen Stein ins Wasser, aber die Wellen blieben aus. Dasselbe mit Worten. Dann lächelte er jemandem zu und begriff das Wesen der Stille.

34. Notizbuch

»Let me forget about today until tomorrow«
(Bob Dylan)

Ich finde etwas. Ich beschreibe es. Es wird ein Teil von mir. Wer bin ich jetzt?

Als würde sich ein Elefant mit seinen Vorderbeinen auf meiner Schulter abstützen (Gedanken an J.).

Glenn O'Brien ist gestorben. Die allerletzte Party ist vorbei. 7.4.2017

»Sie legten sich mit Schlafmitteln an den Elbstrand und ließen sich von der Flut mitnehmen.«
(aus: Atlas der Angst)

Befrei die Menschen aus ihrer Trägheit, erlöse sie aus ihrer Langeweile, nimm ihnen die Angst. Führ sie aus dem Vergangenen ins Werdende und gib ihnen Worte für das Neue. Aber mach keine weiteren Geschäfte mit der Angst der Menschen.

Überall im Unterholz raschelt und knistert es (Gedanken an J.).

Das Klappern der längst ausgefallenen Zähne.

Der Vogelschiss auf dem Asphalt sah aus wie eine verschreckte Katze.

Der Junge schleicht sich dicht an die schlafenden Enten heran, dichter, aber nicht zu dicht.

All die hübschen Dinge (das Rapsfeld, das ich dir vor die Füße legen möchte) um mich herum trösten mich auch nicht über dich hinweg.

Paroles, paroles, paroles

Bedaure andere, niemals dich selbst. Sei gerührt von anderen, niemals von dir selbst.

Chris Cornell ist gestorben *(»I'll take the river down to still water and ride a pack of dogs / I'm gonna break my rusty cage and run«).*
17.5.2017

Auf einer Postkarte aus dem Ersten Weltkrieg verteilt ein Soldat Ostereier im Schützengraben.

Da sitzt eine, die sieht aus wie meine Frau, und als ich an ihr vorbeigehe und mich umdrehe, schaut sie mir nach und winkt (sie sagte mir später, sie habe mich schon von Weitem gesehen, lange bevor ich sie gesehen hatte).

Der Film war super, lief im Radio.

Fürchte dich nicht vor der Dunkelheit. Geh hinein, halte deinen Kopf hoch und bleib drin.

Das Gestrüpp mit dem Ast dran sah aus wie das Skelett eines Urwald-Viechs, und als ich vorbeiging, drehte es den Kopf.

Finde, Schritt für Schritt tiefer in den Wald hinein, deinen Platz.

Auch das muss man erstmal lernen: Das In-den-Wald-Gehen, das Im-Wald-Sein.

Terror in Manchester, Roger Moore stirbt, weiße T-Shirts werden teurer, gegrillte Erdbeeren im Supermarkt (wenn ich all das jetzt aushalten muss, will ich aber auch dabei sein, wenn die Welt zusammenfällt).
24.5.2017

Bist du wirklich da, oder bin ich auf dem Weg tiefer hinein in etwas, aus dem es kein Entkommen gibt?

An all den Besoffenen vorbei hab ich's gerade noch ins Kino geschafft. Ich bin gerettet. (»Song to Song«, Himmelfahrt.)

Einfach nur noch wie ein Affe herumlaufen und Affenlaute ausstoßen und nach oben deuten, als wäre da etwas oder jemand.

Laufe sabbernd und weinend in den brennenden Himmel.

Der Stadtwald tat sich vor mir auf wie Notre Dame, aber plastikartig und kühl, erfüllt vom Gesang der Vögel.

Zwei blonde Grundschullehrerinnen werden in der Freistunde von drei Afrikanern im Kilimandscharo-Restaurant empfangen, und auf dem Schulhof gegenüber spielen die Kinder Fußball und rufen: Du Hurensohn, schwuuuhuuuuuul!

Eine kleine, gute Sache heute Morgen: der kühle Wind, der die schnell wärmer werdende Sonne erträglich macht.

In aller Ruhe feiern wie in den Filmen von Kusturica: rauschhaft und sich überschlagend, und am nächsten Morgen sind entweder alle tot, verheiratet oder ein Jahr lang still.

Bewahre die Ruhe, im Moment und auf Dauer (Cioran: stell dir dich selber im Sarg vor), atme, atme, und begegne gerade deinen Feinden mit nichts als Ruhe, als hinge dein Leben davon ab.

Im Moment der Erkenntnis denke nicht: Gott (oder etwas anderes ist da), aber: Ich bin da (und nichts anderes).

Das Kind packte in den Spielzeugkoffer Lego, einen Apfel, Steine und Muscheln, kletterte aus dem Fenster und lief von zu Hause weg. Erst lief es zum Apfelbaum, dann zum Waldrand und in den Wald hinein, immer weiter, bis es die Beine nicht mehr trugen.

Zum Verirren gehört auch, keinen Faden hinter sich zu spannen (streu ein paar Brotkrumen, wenn du willst, aber dreh dich nicht um).

Stand ein Schild vorm Tanzsaal: Heute Abend nur Paare! Ich öffnete meine Hose und pisste an das Schild.

Battles we pick. Battles that pick us. (Kämpfe sie, egal, ob du sie gewinnst oder nicht.)

Der Plattensammler und der Momentesammler.

An wen diese Zeilen gerichtet sind? An das Gewitter hinter den Hügeln, den von Lichtblitzen durchzuckten und vom Donner heimgesuchten Himmel (und an mich selbst).

Wirst du aufatmen, wenn ich fort bin, wirst du Luftsprünge machen, oder wirst du einen Moment lang innehalten?

Redekontingente verteilen und wenn diese aufgebraucht sind und die Menschen immer noch reden, drakonische Strafen aussprechen.

Leg dich auf mich, bis wir ein Rhythmus geworden sind, eine Lunge und ein Herz.

Der stille (auch: der windstille) Morgen auf dem Hügel über dem Dorf, in dem ich niemanden kenne.

Wenn es still wird, bekommen die Leute Angst und fangen erst an zu reden und dann zu schreien. Sie missbrauchen die Stille. All diese miesen Existenzen kommen ungeschoren davon.

In der Sonne sitzend, zog ich die Ärmel meines T-Shirts hoch, und jemand fragte, ob meine Arme auch im Dunkeln leuchten würden, und alle lachten und ich auch.

Friedvolles Miteinander mit der fünfhundertjährigen Buche auf der Wiese gegenüber des Hauses, in dem die Freunde wohnen.

Auf eine Reise gehen und auf Reisen bleiben und niemals wiederkehren (nur so kannst du nicht verlieren).

Vor 26 Jahren setzte Michael Jordan zum Dunk an, entschied sich im Flug aber dazu, den Ball von der rechten in die linke Hand zu wechseln und mit einem Korbleger zu punkten, was ihm Standing Ovations einbrachte (im zweiten Spiel der Finals gegen die Los Angeles Lakers 1991, das die Chicago Bulls mit 107 zu 86 gewannen).

Die Frau machte dem Mann eine Räuberleiter (so fing eine Liebesgeschichte an).

Der tote Baum, der vom lebendigen gestützt wurde, eine Zeitlang wenigstens noch.

Stay down, champion, und warte, bis es über dich hinweggefegt ist.

Ich schwieg so lange, bis mein Gegenüber ein Einsehen hatte.

»Letzten Endes gilt man nur wegen des Wesentlichen, und wenn man das nicht hat, ist das Leben vertan.«
(C.G. Jung)

Wenn's mit der Poesie nicht geht, nimm einen Bohrer.

Wenn sich meine Augen schließen (also die des letzten Menschen), herrscht nur noch Zeitlosigkeit.

In allem Perfekten liegt auch schon zugleich sein Untergang (auch in unserer Liebe; lass uns das nicht vergessen).

In Mexiko hängt alles vom Daumen ab (Daumen hoch oder Daumen runter, Leben oder Tod).

Die kleine rosa Prinzessin im Freibad, die alle Schachfiguren umwirft bis auf den weißen König und die weiße Dame. Und über das Schlachtfeld läuft ein Junge und balanciert zwei Pizzakartons, gefolgt vom dicksten Jungen der Welt.

Wohin könnte ich denn fliehen, wenn du in meinen Gedanken immer anwesend bist? Gehe ich jetzt durchs dunkle Tal, gehst du neben mir. Springe ich ins Wasser, schwimmst du neben mir. Bette ich mich zur Nacht, leg ich mich neben dich. Und setz ich mich ins Café, bestell ich zwei Espressi.

Die Entfernung zwischen uns, wird sie kürzer oder wächst sie an?

Wladimir Kramnik kommt aus dem Hotelrestaurant auf mich zu, und ich flüchte mich in den Fahrstuhl (morgen siebter

Turniertag von insgesamt neun beim *Norway Chess Classic* in Stavanger mit den Top 10 der Schachweltrangliste).

Aus dem siebten Stockwerk des Hotels Blick über die Vorstadt. Zwischen den Siedlungen immer wieder riesige Felsformationen, die aus dem Boden herausragen (das ganze Land in die Felsen gehauen).

Einen Ort schaffen für dich und mich und den Jungen und wer da noch kommen mag, unseren Ort mit unserer Zeit, durch Türen und Mauern hindurchschreiten, ein Stück dichter an der Sonne.

Wladimir Kramnik schaukelt auf dem Spielplatz. Nein. Wladimir Kramnik sitzt auf der Hoteltoilette und raucht eine. Nein. Wladimir Kramnik winkt vom Flügel eines Flugzeugs am Himmel zu mir herunter.
(Kramnik schlägt Carlsen, 14.6.2017)

Das Rauschen der Belüftungsanlage und das Sirren der Lampen auf der Bühne des Konzerthauses, wo die Schachpartien nebeneinander ablaufen. Das Auf- und Abgehen der Spieler in ihrer unverwechselbaren Art (der stolzierender Anish Giri oder Kramnik mit quietschen Lehrerschritten), das Räuspern, Hüsteln und das Hin- und Hergerutsche im Publikum. Bin totmüde. Wenn ich jetzt nicht einschlafe, dann nie mehr (während Kramnik unter dem roten Teppich eine raucht).

Wenn das Leben nur dies sein könnte: für einen Tag Magnus Carlsen sein und Schach verstehen (und mit Kramnik eine rauchen).

Das Lachen der Möwen in dämmriger Nacht (ich denke an die weinenden Katzen in Venedig), ihre Schreie, ihr Bellen und eine seltsame Wildheit; all dem höre ich eine Weile zu, bis ich wieder einschlafe.

In der Ausstellung mit Bildern von Kitty Kielland. Ein Bild heißt »Blumenstrauß und Papagei«. Und was ist darauf zu sehen? Kramnik, der raucht.

Zurück aus Stavanger, und nichts ist, wie es war. Alles hier wird immer nur noch schlimmer.

»South Richmond war besiedelt von einer Rasse magerer, kantschädliger Psychopathen. Sie hätten dir alles verkauft, was sie hatten, und das war nichts, und dich für alles getötet, was sie nicht verstanden, und das war alles.«
(Tom Robbins »Even Cowgirls Get The Blues«)

»Sundays kill more men than bombs« (Bukowski), aber ich hab's wieder einmal überlebt.

Ich springe von Schatten zu Schatten. Der Tag ist noch zu lange dafür, jetzt schon vor Sonne überzulaufen.

Überall ein »un« davor, wo es nicht hingehört: Unmut, Unwille, Unlust.

»Es soll ein Tag Anfang August sein / (…) / Ein leichter, doch nicht hartnäckiger Wind / soll über die Wiesen (…) gehen. / Du sollst da sein, / aber du sollst nicht viel reden, / mir nur ein wenig über die Haare streichen / und mir in die Augen sehen / mit diesem kleinen Lächeln / zuinnerst im Augenwinkel. / Und dann will ich / nicht ohne Erleichterung / diese Welt verschwinden sehen.«
(Lars Gustafsson)

Am besten schreibe ich ohne Kopf.

Wenn das Leben nur dies sein könnte: du sitzt hinter mir auf dem Gepäckträger, schmiegst dich an mich und singst ein norwegisches Lied.

Alles von mir will alles von dir, und du gibst mir nicht mal ein Lebenszeichen.

Ich bin das verlorene Kind des Drachens. Bin ohne Flügel, Arme und Beine unter Wasser gefangen und galoppiere ohne Hufe durchs tiefe Blau der Welt.

Er war blaustrahlend, lebensfreundlich, und nachts hatte er eine Bikini-Figur.

Das Kind, das vor Staunen beinahe aus der Karre fällt, als es die Delphine auf dem Poster an der Fensterscheibe des Reisebüros sieht (das ehrlichste und längste *WOW!*, das ich jemals gehört habe).

Die Metall-knallt-auf-Metall-Geräusche auf all den Plätzen, die einmal schöne Plätze gewesen waren und auf denen im Sommer jetzt laufend Veranstaltungen stattfinden und große Bühnen auf- und abgebaut werden.

Der bei lebendigem Leib langsam verfaulende König Ludwig XIV.; ständig von Dienern, Ärzten und Beratern umgeben, gleichzeitig ein einsamer Mann; unfähig, sich aus dem Bett zu quälen; zuerst kann er kein Wasser mehr aufnehmen, dann bekommt er keine Luft mehr (ruhige, hilflose Todesschwere im Kinosaal).

Als ich nach Hause komme, liegst du auf meinem Bett und schläfst. Zuerst sehe ich dich an, und nach einer Weile lege ich mich neben dich und schlafe ein. Morgen früh wirst du fort sein.

Wo ist das Feld, wo die Liebste, mit der ich hineinlaufe? Niemand wird uns finden, nur das Licht, der Himmel und das Glück.

»Warum schreibst du so viel vom Licht?«
»Weil alles andere Finsternis ist.«

Warum dann noch weiter schreiben? Weil es, wie das Leben auch, keinen Sinn hat. Nur deshalb. Weil es Leben in seiner reinsten Form ist.

Ich habe eine kleine Sehnsucht nach dir. Sie ist so klein, du kannst sie dir in die Hosentasche stecken, da wird sie dich gar nicht stören, und du wirst hin und wieder an mich erinnert.

Notizbuch 18 / 25.3.2010 – 7.8.2010

Notizbuch 19 / 8.8.2010 – 26.11.2010

Notizbuch 20 / 27.11.2010 – 25.3.2011

Notizbuch 21 / 25.3.2011 – 10.8.2011

Notizbuch 22 / 16.8.2011 – 14.3.2012

Notizbuch 23 / 14.3.2012 – 13.8.2012

Notizbuch 24 / 14.8.2012 – 3.5.2013

Notizbuch 25 / 3.5.2013 – 13.8.2013

Notizbuch 26 / 13.8.2013 – 16.3.2014

Notizbuch 27 / 16.3.2014 – 21.10.2014

Notizbuch 28 / 21.10.2014 – 29.3.2015

Notizbuch 29 / 30.3.2015 – 25.7.2015

Notizbuch 30 / 26.7.2015 – 12.11.2015

Notizbuch 31 / 13.11.2015 – 21.5.2016

Notizbuch 32 / 23.5.2016 – 21.12.2016

Notizbuch 33 / 22.12.2016 – 5.4.2017

Notizbuch 34 / 6.4.2017 – 6.7.2017

DANKE

Mes amis!

Die vorliegenden Aufzeichnungen entstanden in den Jahren 2010 bis 2017, niedergeschrieben in 17 Notizbüchern (die Nummerierung 18-34 erfolgt in der Reihenfolge anschließend an die ersten 17 Notizbücher, deren Inhalt der Leser in »Das ist eigentlich alles«, Steidl Verlag, 2012, findet). Manche Notizen sind ihrer Form nach erhalten geblieben, andere wurden bei und nach der Abschrift überarbeitet. Der Abbruch der Aufzeichnungen am Ende erfolgt plötzlich, so wie das Leben plötzlich endet.

Mein Leben stellte kein lineares Narrativ dar, sondern ging von Tag zu Tag, von Moment zu Moment, es ereignete sich immer wieder jetzt und jetzt und jetzt. Mich im Kreis zu drehen; mich neu zu entwerfen; wachsam für den Augenblick zu bleiben; nicht abzuschweifen oder vollends; mich aufzuschwingen und vor Freude Purzelbäume zu schlagen; zu schreien und zu flüstern; plump zu stolpern, unkontrolliert umherzuspringen und den Blues zu tanzen; einander extrem nah und dann wieder Lichtjahre voneinander entfernt zu sein; dunkle Fantasien zu entwickeln und Momente des reinen Lichts zu erleben – all das hat wirklich stattgefunden, zum Leben erweckt durch das spontan Aufgezeichnete. Auch wenn ich nicht alles aufgeschrieben habe, wenn vieles lückenhaft bleibt, findet sich hier vieles, von dem ich sage: »Darauf kommt es an!« oder »Ich will dich berühren, Welt, Frau, Leben!« Für alle, die es angeht (wie immer).

Tobias Premper, 2019

© J. Woltersmann

Tobias Premper, geboren 1974 in Celle. Auf sein Debüt mit Aufzeichnungen *Das ist eigentlich alles* (2012) folgten drei Bände mit Kurzgeschichten, *Durch Bäume hindurch* (2013), *Mississippi Orangeneis Blues* (2016) und *Ich war klein, dann wuchs ich und war größer* (2018) sowie der Roman *Erst einmal für immer* (2015). Seine Bücher erscheinen bei Steidl.

Erste Auflage 2020

Buch- und Umschlaggestaltung: Rahel Bünter / Steidl Design
Gesamtherstellung und Druck: Steidl, Göttingen

Steidl
Düstere Str. 4 / 37073 Göttingen
Tel. +49 551 49 60 60 / Fax +49 551 49 60 649
mail@steidl.de
steidl.de

ISBN 978-3-95829-716-6
Printed in Germany by Steidl